U0052786

領養一株雲杉

黃文範著

三民叢刊 81
三民書局印行

自序

有人說，散文是作家的身分證，對譯人何嘗不是如此，要把翻譯做好，文字表達的重要性，遠遠超過了對原文的充分了解力，對一句難纏的原文，能用一句恰當的中文平行對襯出來，實是治譯的一種樂趣，人生中一種莫大的享受。

所以，我治譯時為了培鍊身手，不免見獵心喜，不時跑出自囿的譯室門外來「貪玩」，寫它一篇半篇散文以自遣，證明自己還沒忘了創作，也還能寫，最主要的還有人認為看得下去，這就心滿意足了。但是打這種「野外」卻不能久待，不能留戀，翻譯也和任何技藝一般，三天不寫手生，你在室外待得太久，「室」門會自動關上，你想再往裏走，已經不得其門而入了。

我做翻譯四十多年，埋頭迻譯了七十多種書，近兩千萬字，這還是專指出了書的數字，但「貪玩」寫作的散文，連個零頭都不夠，但是心疼的程度則有過之，翻譯量再多，畢竟是為人作嫁，而創作不但是親生骨肉，證明了是我的血統。而且虧得這些蕪文，文藝界朋友因此不把我當檻外人，還要我搞搞編輯，當當主編，寫寫零稿，補補空白，各種活動機會多多少少還把我掛上，更使我能賈其餘勇，不時又濫竽上篇把半篇了。

最近幾年，幾次和文藝界朋友往訪中部的高山茂林，那一帶國有林地保護得鬱鬱蒼蒼，多年來種植的紅檜雲杉，像閱兵行列挺立得那麼齊齊整整，使人深深感動。我覺得中國人自古便深嫺環保，不但商湯「網開三面」，孟子力倡「斧斤以時入山林」，而且古人最高的境界便在「天人合一」。人要能與大自然凝為一體，便是「視物猶親」。當代人要痛悔前非，就要自愛護野生動物、保護樹木森林做起。培育野生動物為我們能力所不及，但愛樹種樹卻是人人可做的事，最重要的，要付出愛心，把樹木當成自己的子女來看待，時時呵護栽培，惟恐它不成材不成器。因此〈領養一株雲杉〉寫下了我從大雪山之旅歸來的感受，那株雲杉迄今還在我的園子裏慢慢成長，它是我的孩子，這本書也是。

●

八十二年三月底，我赴合肥市觀光，能在臺灣「包青天」電視連續劇聲勢大盛足足演上一年中，無意得謁他的宗祠與墓地，十分驚喜；更使我驚異的，便是到了自小聞名的逍遙津，公園中居然為張遼鑄銅立像。

在我心目中，張遼有何德何能，敢與諸葛武侯與漢壽亭侯般受後人崇拜？回到臺北便細查史實，果然，陳壽筆下《三國志》中張遼的驍勇，不亞於司馬遷所寫〈項羽本紀〉中的垓下之戰，試比較他們這兩段的敍述：

項羽本紀

於是項王乃上馬騎，麾下壯士騎從者八百餘人，直夜潰圍南出，馳走。……至東城，乃有二十八騎。漢騎追者數千人。項王自度不得脫。謂其騎曰：「……此天之亡我，非戰之罪也。今日固決死，願爲諸君快戰，必三勝之，爲諸君潰圍，斬將，刈旗，令諸君知天亡我，非戰之罪也。」乃分其騎以爲四隊，四嚮。漢軍圍之數重。項王謂其騎曰：「吾爲公取彼一將。」令四面騎馳下，期山東爲三處。於是項王大呼馳下，漢軍皆披靡，遂斬漢一將。是時，赤泉侯爲騎將，追項王，項王瞋目而叱之，赤泉侯人馬俱驚，辟易數里……與其騎會爲三處，漢軍不知項王所在，乃分軍爲三，復圍之。項王乃馳，復斬漢一都尉，殺數十百人，復聚其騎，亡其兩騎耳。乃謂其騎曰：「何如？」騎皆伏曰：「如大王言。」

張遼傳

> 於是遼夜募敢從之士，得八百人，椎牛饗將士，明日大戰。平旦，遼被甲持戟，先登陷陳，殺數十人，斬二將，大呼自名，衝壘入，至權麾下。權大驚，衆不知所爲，走登高冢，以長戟自守。遼叱權下戰，權不敢動，望見遼所將衆少，乃聚圍遼數重。遼左右麾圍，直前急擊，圍開，遼將麾下數十人得出，餘衆號呼曰：「將軍棄我乎！」遼復還突圍，拔出餘衆。權人馬皆披靡，無敢當者。自旦戰至日中，吳人奪氣，還修守備，衆心乃安，諸將咸服。權守合肥十餘日，城不可拔，乃引退。遼率諸軍追擊，幾復獲權。

根據這些史料，我便寫了一篇〈威震逍遙津〉，利用《三國志》的資料來說明張遼何以能「威震」。誰知道發表時，主編「善意」地刪掉了這一段，沒有點出題目意旨，使我怏怏不已。直到出書，我才能「回填」這些文字，心中對讀者交代不了的一塊石頭才算落了地。

周玉山先生厚愛拙作，《翻譯新語》與《翻譯偶語》都由他催生而得，在去年十二月的「四十年的中國文學國際研討會」上，他復看重我這些零星的散文，使我有勇氣翻出這四十幾篇新舊文字，輯為一冊，我深深感謝他的鼓舞。本書承校勘大家劉英柏兄過目賜正，尤為感謝。

八十三年四月二十一日花園新城

領養一株雲杉　目次

千古風流人物

雲物不殊鄉國異

體物寫志

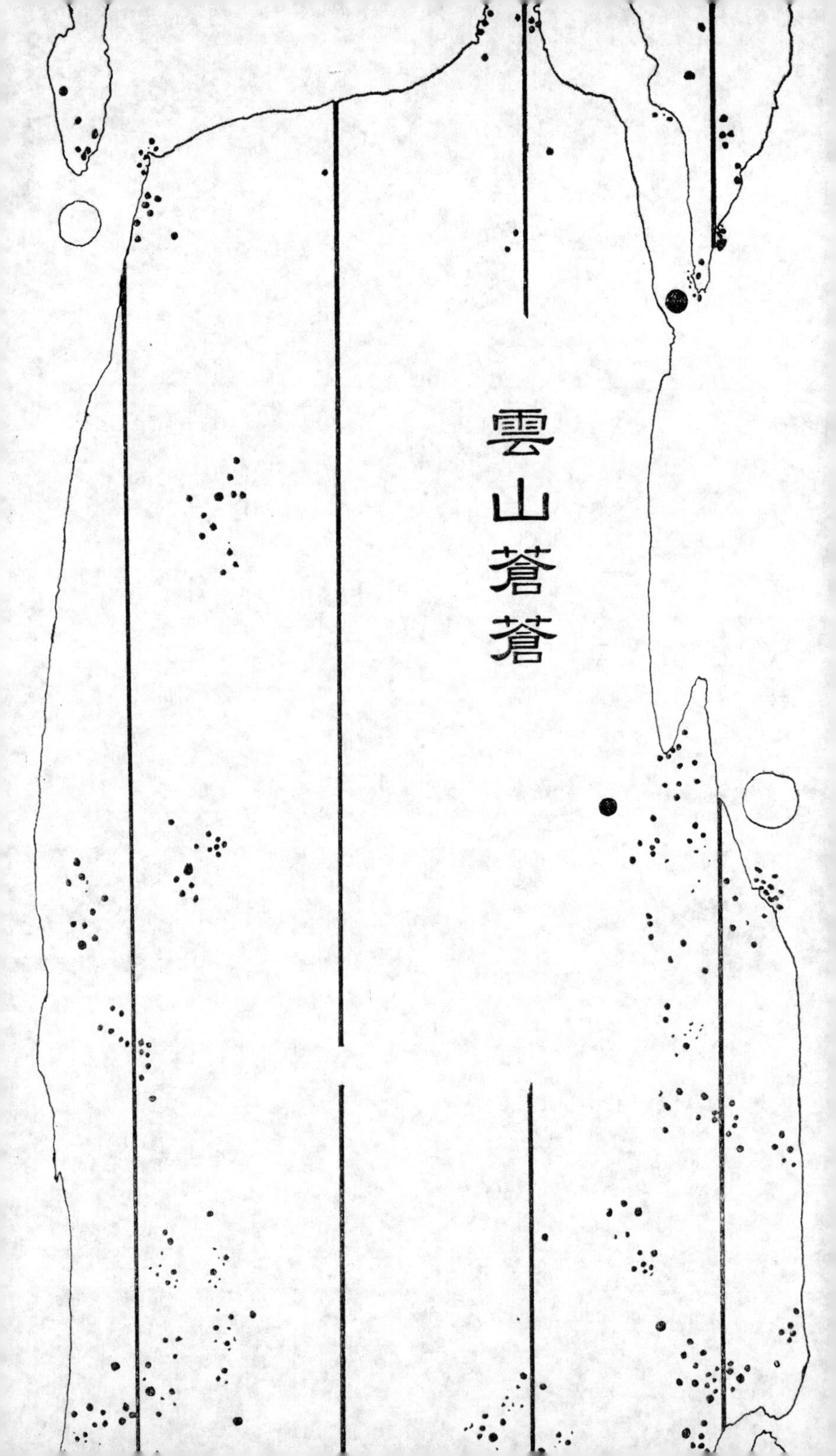
雲山蒼蒼

雲山蒼蒼

初謁雪山檜

遊覽車從高速公路交流道下來，取三號公路，經豐原市，過石岡鎮，馳過大甲溪上寬闊的東豐大橋，出了東勢鎮，到了頭社附近，撇開中橫公路寬敞平坦的柏油路面，向左轉進一條碎石公路，兩側展開片片的果園。葡萄還沒有萌芽，瘦筋筋的黑黑藤枝，還冷冷地掛在網架上；只有迎春得早的梨樹，早早鋪展開來的枝椏，四仰八叉地躺開在竹架上，白燦燦的梨花笑得正盛，停著轎車和農耕機的農舍邊，豔綠的香蕉叢，正迎著金色的陽光，在冷風中俯身迎賓，從這些果木，看得出車還在暖帶林的高度上奔馳。

沿著山路往上爬，顛顛簸簸中過了石角，經過大棟檢查哨，掠過中坑坪稀稀落落幾戶農家，車駛近了一帶鳳尾森森、龍吟細細的竹林。竹子中以孟宗林最耐看，它決不擠得實實叢叢，而是一根根一桿桿挺立，那一片翠綠爽朗的竹葉，節節有淡淡白紋的竹幹，並不相互依靠，十十足足和而不同的君子風範。

一個轉彎，車已爬高到溫帶林的高度。沒有蕭蕭的竹葉聲了，車窗外傳過來一陣陣的松濤，路的兩旁，黑壓壓一片柳杉、臺灣二葉松、五葉松，樹梢鋪天壓地罩在公路上，樹幹都不過海碗粗細，看得出是近年來才種植成林，麻麻密密，卻又整整齊齊的行列，就像閱兵臺前走分列式的一個軍團，刷刷地一排過去了，又刷刷地一排。

車過東坑，上溯橫流溪更往上爬，經過寥寥幾戶人家，車右便見海拔二〇二四公尺的橫嶺山，車前便是二六六五公尺的鞍馬山，最遠處便是三五二九公尺的大雪山，以及相毗連的三二七二公尺中雪山，和二九九六公尺高的小雪山，大小雪山連綿二十公里，我們已經到達了高處不勝寒的寒帶林層了。

寒帶林的林相雖然稀疏，但卻萬分雄偉，屬於這一個林層的紅檜、香杉、鐵杉、臺灣杉、威氏帝杉……它們都擲棄暖溫卑溼，不屑與逢冬凋落的闊葉樹一爭短長，而投身在兩千公尺以上的深山絕嶺，不顧徹骨的嚴寒、高山的勁風與稀薄的養分，培養了它們與大自然打拚的傲氣，巍巍然挺立，聳聳直直的剛勁身軀，寒盡不知年地一個勁兒往上長，一株株大得不能合抱的紅檜，樹梢枝葉已在雲霄中，仰望落帽，還見不到它的止處，它所凝集的霧氣，飽和後形成大滴大滴的「霧雨」往下掉，給樹下謁拜的凡人，滴一些清涼沁骨的提示：

我在這幽暗嚴寒的山谷裏，屹立了一兩千年，雖然艱苦、寂寞，卻活得自在、活得尊嚴。

一覽群山小

鞍馬山莊的標高爲兩千二百七十五公尺，在叢山懷抱裏十分清新寧靜，我們沿著森林浴步道走，進入右邊的碎石山徑，爬上一座並不起眼的高地，爲的是要趁這麼難得的晴日杲杲，欣賞一下臺灣翠綠山色之美。

稍來山標高雖只有兩千三百七十公尺，但卻在山巒中一枝獨秀，拔空而起，四週的群峰眾岳，一眼都可以望見，只是山中通常雲霧靉靆，登臨攬勝，不容易一窺群山眞面目。而元月十三號這天，卻被我們這群探訪綠色的人，逮到了一個大好晴天，中興大學的解文詞小姐，領著葉廣海和我，領先了其他人，「先登」這兒的瞭望臺。

初春時分的陽光下，爬上一兩百公尺，汗水漸漸沁了出來，山徑兩邊長滿了風過蕭蕭的箭竹，高山上能有箭竹叢生，便證明這一帶曾經有過森林火災，把千百年的紅檜巨杉燒掉了，森林上空豁然一空，陽光進入，箭竹便立刻竄進林空迅速滋長起來。

稍來山原是巨檜森森的天然林地，只是它在山叢中獨獨挺拔而起，形成了一座聚雷山，雷電便一再劈中這些高大的樹木起火燃燒，不但枝葉被火舌一捲而空，合抱巨圍的樹幹也從樹中心「悶燒」。沿途都是這種木心已燒成焦炭，而外面還是細緻表皮的樹殼殘骸；心想，做獨木舟倒是挺合適的，只是怎麼運得下這處陡山呢？

喘息吁吁中，我們終於看到瞭望臺了，這是一座高十三公尺三層的混凝土敞樓，爬到最高層，果然是「高閣逼諸天」的氣勢，四週紫色青青的山岳一覽無遺，正南方那處像老鷹嘴那麼尖峭的山，就叫「鳶嘴山」，想必古早時代是一處火山口吧，它標高有兩千三百零七公尺。東南方的八仙山，兩千九百八十七公尺，夠高了吧！那你太小窺臺灣的巍巍群岳了，環繞著瞭望臺，看得到的都是綠濃濃三千公尺以上的高山，反時鐘方向數過去：

基隆山——三一四三公尺

白狗大山——三三四一公尺

劍山——三二一六公尺

佳陽山——三三一三公尺

油淶蘭——三三八〇公尺

大劍山——三五九三公尺

志佳揚大山——三二八七公尺

到了正北方的大雪山，更有三五二九公尺高了。

三萬六千平方公里的臺灣一島，極目所見竟都是三千公尺以上的隱約高山，從地形上來說，幾幾乎是拔空而起，氣勢何等磅礴雄渾！我眞想在這處群山環伺的「塔頂」上，放聲長嘯。

然而，我盡目力所及，還是要遙睹臺灣的主脊——玉山，重巒層峰的遠處，它只那麼略略尖起，然而那就是三九五〇公尺高的臺灣絕頂。

九十八年以前，日本人初據臺灣，這才發現玉山竟比他們三七七六公尺（一二、三八九呎）高的聖山——富士，還要高上一百七十四公尺，氣爲之結，後來又爲奪得臺灣——「開疆拓土」——喜，便把它改名爲「新高山」。

一九四一年十二月，日本海軍的航空母艦六艘組成的艦隊，在南雲忠一中將率領下，悄悄自日本橫越太平洋向東發航，目標爲美國海軍基地珍珠港。當時日本的特使來栖與駐美大使野村，還在華府與美國政府談判，和戰一時難以決定。日本聯合艦隊總司令山本五十六大將與南雲忠一約定了一句密語，航艦艦隊只要收到這一個密碼，便展開對珍珠港攻擊。

這句密碼並不是後來作爲書名的「老虎！老虎！老虎！」，而是「攀登新高山！」十二月七日凌晨，南雲忠一的艦隊收到了密碼「攀登新高山！」機群雷鳴自航空母艦升空，開始了死人千萬血流漂杵的第二次世界大戰。

日本帝國在大戰中兵敗投降，民國三十四年臺灣光復，新高山又正名爲玉山，而今世人似乎都忘卻了這座高山進入歷史的經過了。

從遠處遙望玉山，它隱隱約約的紫色峰尖，眞使人有「念天地之悠悠」的愴然感受；元月六日玉山森林由於有人縱火，燒毀了大片林地，千年的古檜巨杉，一夕盡成焦炭，不論去過或者沒有去過的人，想到那一片綠色的莽莽蒼蒼，竟被火舌席捲成一片灰黑，心頭都刺痛得在滴血！

下山途中，戀戀不捨地回頭再望望這一塔聳立的白色瞭望臺，才發現臺中的圓柱頂上有三叉戟似的避雷針，在陽光下閃閃發光。有了它，森林便減少了「天打雷劈」的威脅，多年以後，這片林地又會恢復成一片翠綠的蓊蓊鬱鬱吧！我們是不是能未雨綢繆在高山的森林中，用人爲的方式普遍設置避雷針，減少天然的森林火災呢？

愛護森林，她是哺育我們的母親！

——八十二年三月十一日　新生報副刊

常懷千歲憂

——臺灣的森林族

「這種樹便是樟屬，只有一『種』。」

他走到一株樹葉細細小小，枝椏稀稀疏疏的樹邊，摘下一片樹葉，揉了一揉，要我們聞。果然，一股子清新沁鼻的樟腦香味兒——芬多精嘛。

他俯身指著山坡邊一叢叢短莖闊葉貼地的綠草：

「這就是車前子。」

哇，這是中藥中鼎鼎大名的一味藥草嘛，卻長得毫不起眼。

「四十多年前，從大陸引進到臺灣來，隨隨便便種下去，如今滿山遍野都有了。」

他很欣賞這味草藥頑強的適應力。

我們站在幾株筆筆直直的大樹下，這幾株樹的樹梢都淹沒在白茫茫的晨霧裏，不時，幾滴冰冰涼涼的大水滴，掉在我們身上；落到頸窩裏的，冷得使人一縮：

「下雨了！」

「這不是雨。」

他指著頭上的樹葉：

「山上這些大樹的樹葉，可以吸引很多山霧，飽和以後便凝成了水滴下來，這叫『木雨』。」

「霧雨？」

「也可以這麼說。」

一談到樹，黃色安全帽下的眸子便閃發出光輝：

「在寒帶林的樹都是針葉樹，像這一株便是鐵杉；而那邊一株便是雲杉，而各位昨天參觀過的雪山神木，則是紅檜……」

人自誇爲萬物之靈，但置身在大自然的傑構前，便頓時覺得委瑣、矮小、慚愧。那株神木靜靜地矗立在碎石路邊，雄偉的樹幹拔空而起，直徑有四公尺多，高達五十多公尺，在四分之一高度處，像兄弟分家般變成了五株，齊心協力奮勇爭先地往上長。向上仰望，樹葉與枝梢都在濛濛的山霧中。在南北朝佛教大盛，「南朝四百八十寺」的時代，它就默默地在這處幽暗僻靜的山谷中萌芽茁壯了，經歷了一千四百多年的酷暑嚴寒、颱風地震、崩山坍谷的千劫萬難，但卻繼續在成長。我兩手左右伸展，抱住它的軀幹，摸著它慢慢地繞了一圈。只有這種擁抱的大禮，才能表達我的尊敬。

親手擁抱過臺灣有名的紅檜，感覺上便親切得多了，似乎它的外皮鬆散，露出堅硬的木質，光滑滑地不留手，而鐵杉、雲杉——樹幹外面都是一層黑黑厚厚粗糙礙手的鱗狀樹皮。

「因爲紅檜的木質細膩堅硬，一年才成長一點點，不怕蟲蛀，所以它就不需要堅實的樹皮作保護了。」

一提到紅檜，他神采頓時飛揚起來：

「民國七十八年起，停止砍伐檜木了，」

他宣布了這項我們關心的事，也回憶起以往：

「這也是隨國家經濟發展的結果啊！以前，國家窮，需要外匯，而檜木又是日本人的最愛，造神社與高級房屋，都要用臺灣的檜木……可是，」

他指著林隙中的空地，那裏有一株株像秋天楓葉的樹，紅暗暗的葉子：

「我們也是在砍伐過後補植，那些都是紅檜。在我們這個區，補植了兩百四十公頃的紅檜，對我們的子子孫孫，那是多麼大的一筆財富啊！」

他說到這裏，眼睛中閃耀著興奮的光輝，怎麼他似乎絲毫沒有想到自己，這些傻瓜——臺灣的森林族！他們從森林系畢業，不管臺灣大學也好，中興大學也好，都得歷經艱苦考試才能任用；然而，錄用以後便派往這些遠離都市的高山林區中來，從伐木員幹起，從實際經驗中來體會自己的所學，臺灣的林密山高，他們一頭栽進了綠綠的森林，便成爲森林的一體。從森林的孩子，歷經一年復一年嚴寒、空氣稀薄、蛇咬蟲叮、天災人禍的熬鍊；啊，還有那使他們心痛欲裂的盜伐與森林火災……漸漸經過二三十年，才熬成了森林的守護人；每一株樹都是他們的孩子，濫伐一棵樹都使他們心傷，補植一株也爲他們帶來無限的希望；但是卻從沒有想到自己——紅檜要八十年才成林啦——，只想到後來多少代的子子孫孫。

在鬱鬱蒼蒼雲山茫茫的林區，他們關懷的是整個臺灣的森林，他們「林化」後的高大身軀，質樸的衣著，爽朗的笑容中，止不住對「山的那一邊」——梨山一帶的童山濯濯而憂心忡忡：

「水土流失，水庫淤塞得很快；農藥和肥料的下沖，水質中有了紅藻……臺中一帶幾百萬人的水源都惡化了。

「高山高利潤的水果種植時代已經過去了……原來居住的榮民都換了兩三手啦……梨山

一帶應該功成身退，該去掉高山種植的果木，恢復原來林相的時候到了。」

他們的眼光中一片憂鬱：

「爲了我們後代的子孫著想。」

大雪山神木的千歲遐齡影響深遠，使這些獻身的森林族凝爲一體，他們不計較自己艱苦生活的幾十個寒暑，而只一心「常懷千歲憂」，念茲在茲的完完全全都是後代的子子孫孫啊！

領養一株雲杉

下山時，我小心翼翼地護住捧在胸前一個玻璃杯大小的暗棕色塑膠袋，袋內一堆實實在在的培植土，圓鼓鼓地，四周一些圓孔中，冒出來一些長長的根鬚，袋頂上小小的一株羽狀葉的五六片樹葉，憔憔悴悴的黃綠色，然而，它卻是活生生的一棵幼樹。一株大名鼎鼎的雲杉。

這是從兩千公尺高山苗圃中得到的一株樹苗——雲杉——多美的名字，我不認爲是別人送的，也不是我所撿到的，而是「領養」的一棵樹，它是我的孩子。

前廣西大學校長馬君武先生，曾經有名句「植樹如培佳子弟」，一語道出了樹木與樹人，使人有同樣的喜悅，同樣的有成就感，只是，以臺灣固有鄉土的貴重樹木來說，一株樹要由人工培植而成材，所花的時間，往往比用十年二十年培育一個大學生，時間上長了十倍八倍都不止；今天從造林著眼，我們應當改口說「百年樹木」才算正確。

雖說「一千片森林始於一粒種子」，那是不計時間的說法。今天，人所以報天的奉獻——植樹，卻一定要講求方法。以本省非常貴重的紅檜來說，要培育幼苗得先選種，要在深山大谷中，找到生長發育都極爲良好的優良樹種，編上號碼，加以保護，專供採種，幾萬公頃的林區中，這種「種馬」也不過兩三百株。

種子撒播在低海拔的苗圃中，在溫溼的狀況下使它發芽，這是種樹最脆弱的一環，要像照料小孩般呵護備至，雨水多了怕它淋著，陽光大了怕它曬著，苗床上都鋪上竹簾遮陰防曬。

樹苗長出來了，就得挑根系發達的樹苗，放在一個個盛得有培育土壤的塑膠袋裏，運到適合它生長的高海拔地區的苗圃，讓它在高冷區適應成長。

樹苗到了二三十公分，就可以移植成林了，在砍伐跡地、草生地、散生地栽種下去。有些樹苗採用密植，一公頃種上三千來株——像臺灣杉，成林以後，爲了爭取陽光，全都一個勁兒往上衝往上長，不但側枝少，鬱閉早，而且林地中不容雜草生存，十來年光景，便會鬱鬱葱綠的一片黑森林了。

我們看見一片片的杉林中，有的直徑有三十來公分了，有的卻只有碗口粗細，弱不禁風地夾在當中，其實都是同時種下去，只不過因爲地勢與位置；搶不過鄰樹的茁壯，可也身軀挺得筆筆直直，能存活就是一種尊嚴啊。

捧著我這株雲杉，它是我領養的孩子，我會細心種植、灌溉，在我們的院子裏成長，成爲我們家的一員，古人以「玉樹臨風」形容佳子弟，因爲他們同一樣的挺拔、英俊，而且有虎虎的生氣。

臺灣兩千萬人，如果每人每年都「領養」一棵樹，當成自己的骨肉來培植，只要五年，我們就多了一億株樹，惟有這樣長此以往，我們才能無愧於上蒼和祖先，留給我們這樣一個美麗島。

今年，我領養了一株雲杉，它的生命來得不容易，我要加倍細心地呵護著它，使它長大。

——八十年三月十二日　中華日報副刊

雪山之夜

大年初六就上雪山，雖然臺中一帶豔陽高照，大夥兒都是全副冬裝，有備而來。還有人與高采烈，打算要在皚皚白雪中砌雪人打雪仗呢！誰知道今年的雪都下到合歡山去了，大雪山到小雪山這一帶，徒然擔待了一個虛名，綠意濃鬱，連一點兒雪花都沒飄，未免令人大失所望。

雪山雖然沒有雪，晚上從餐廳出來，卻是一片白茫茫的雲海封山，幾幾乎看不見回到木屋的歸途，尤其那分兒刺骨的寒冷，立刻侵透了厚厚的風衣，手指頭立刻不聽使喚，連鈕扣都扣不上，得用口中的熱氣來呵，這可是在亞熱帶的臺灣極少有的經驗。

林務局的人說，標高每升高一千公尺，氣溫便下降六度，鞍馬山莊高約兩千三百公尺，原來臺中一帶氣溫十七度，敢情在這裏只有兩三度了。

除夕前，甫自東京回國的柏谷，習慣了零下多少度的日子，沒想到山上的冷，無所不在。他說，東京雖冷，但是交通動脈的地下鐵，街道邊的商場商店都有暖氣，太冷時走進店裏，一會兒就舒暢了。他豎起大衣衣領，裹緊衣服，我們慢慢地一步步隨著黃色霧燈的微弱光暈，走下一條由樹幹橫鋪成的山坡階梯，兩邊扶手的木柱欄，都溼漉漉的冰手，幾株圓圓粗粗的巨樹，像沖天的華表般矗立，在小木屋上投下又長又黑的影子。

到了木屋裏，在昏黃的燈光下，冷似乎少了些，用凍僵的手把厚衣服脫下來，杉木柱的原木屋壁，看起來也溫暖些，只是依然止不住牙齒打戰。想說的話似乎都凍結在空氣中了。

寒夜——兩個人共同的想法就是：有酒就好了。深山大谷的徹骨寒冷中，酒往何處沽？以茶代酒如何？屋子裏又沒有茶葉，搖搖頭苦笑，倒一杯熱開水聊勝於無吧，可是電熱壺燒了半天都不熱。

記得回來時，看到木屋下方有一桶瓦斯，連接在浴室外面，想到可以洗一個熱水澡，這是驅寒最好的方法了。只是旋開熱水龍頭，半天半天，流出來的水溫溫的不冰牙齒的程度，只得連忙刷刷牙，跳出那又溼又冷的浴室。

柏谷想抽菸，這也可以增加室內一丁點兒溫度吧，只是連噴出去的煙都不裊裊繞繞，像凍成了一片片似的。

剩下來唯一可以避寒的地方，便是那一床厚厚的棉被了，忍受過剛剛開始睡時被子裏那一陣使人發抖的冰涼，人總算暖和過來，聯床夜話也該是一種眞趣吧。

「應該夏天來這裏住住。」他說。

夜色眞靜，依稀還聽得見大滴大滴的「木雨」，摔在屋頂上的滴答聲，屋外沒有風，有幾片落葉落過迷濛一片的山霧，沙沙落在走廊上。

我很想和他聊聊井上靖的小說，只是發覺頭伸在被窩外，竟是全身唯一挨凍的地方，寒冷都集中在那裏，冷得血都要凍結起來般的發痛，連忙把頭縮進棉被裏，這倒有個好處，黑黑一片中我自忖：

「他聽不到我的鼾聲了。」

迷迷糊糊中人還在想，連這麼一夜的冷都受不了嗎？那些一年三百六十五天都在高山森林裏幹活兒的人，又是怎麼過來的。

——八十年三月十二日　臺灣日報副刊

忽聞春盡強登山

今年初甫行通車的玉山公路，在高山陡崖中曲折盤旋，路面雖不寬敞，卻十分平滑，從車輛駛過的沙沙聲，聽起來、坐起來都非常舒適，黃白線的路標，還是剛劃出來的，乾乾淨淨，轉彎處的警示燈桿，只豎立了一小段，還有一大堆堆在路面等待施工。靠近懸崖處已經圍好了停車場，鋪上了石板地磚，齊齊整整的，還擺放著些石造椅桌，看得出玉山國家公園要為上山的遊客，提供幾處「坐看雲起時」的憩腳處。

遊覽車忽然停了，我們也魚貫下車，肚皮微微發空的感覺，意識到午餐的地方近了。

穿著圓領黃汗衫，面上有兩個酒窩，身體壯壯實實得像圓柏的玉山國家公園的呂科長，指著山崖邊的一條步道，笑嘻嘻的說：

「從這裏上去，走半個鐘頭就到了。」

「這裏是甚麼地方？」有人問道。

「塔塔加。」

「我們要到哪裏吃中飯？」

「鹿林山莊。」

「鹿林山莊在哪兒？」

「順著這條路走上去就到了。」

我們順著他的手指向上看，雖然陽光朗朗的天氣，中午更曬得熱騰騰地，但是高處的林木都在一片茫茫的山叢裏，看樣子並不高嘛。

上山是一條約莫著有兩公尺來寬的步道，由板岩的碎塊鋪成，坡度並不太陡，只是一邊是岩坡，另一面是樹叢，就像一條閉塞的隧道，看不到自己置身何處，只有踏著鋪滿了落葉的石階，一步步向前走。

坐遊覽車不敢多喝水，走這條山徑，在白花花的陽光下，曬得一身發熱，速度快，走一段上坡路，口裏就乾焦得發燒起來。

步道的兩邊，多的是箭竹，細細的竹桿，一叢叢密密麻麻的竹葉，聽說箭竹筍又嫩又脆，必定可以解渴，在竹叢中找了半天，除開老竹外還是老竹，見不到一根冒出來的新筍。

「哎呀，你傻瓜，天還不亮就有人挖去了呀。」

沒有竹筍可挖，抽出的小刀該可以切根竹子作手杖來打草驚蛇用吧。

一提到蛇，幾個女孩子就吃驚地大叫起來；「三朵花」的郭瑤芝、楊明和羅任玲更是緊緊走在一塊兒不分離了。

這條之字形的步道就在山邊盤旋曲折向上繞，汗水涔涔順著衣服往下流，兩條腿越來越不聽使喚，隊伍也參差不齊，有的掉了隊，在後面慢慢拖，有的一馬當先，趕到了前面，李繼孔頭上紮塊淺紅毛巾，跟在他身後的周培瑛取下了遮陽帽，小倆口三腳兩步就趕到了最前端，只聽見他們在高高山頭，向下面加油打氣的喊聲：

「快到了！快到了！還有五十公尺，加油啊！」

小說家朱白水依然一身西裝領帶，曳著竹杖怡然一步步往上捱，他的得意門生石德華，在身後踽踽獨行，似乎都在山林中尋覓寫作的靈感。

玉山歡迎我們，為了減少我們爬坡的吃力，把鋪地的沙沙竹葉改換成軟軟實實的棕紅色松針，走上去軟綿綿沒有一點兒聲息，除開喘氣和鷓鴣的清脆鳴聲，山谷眞是靜得可以。從竹葉到松針，這半個小時的爬山，就從闊葉林帶攀上了針葉林帶了嗎？

白茫茫的山霧遮住了陽光，可是每提一步就覺得有無窮的重力把腿向下拉得酸脹，腿肚子發痛，還沒到呀！彎來繞去都快一個鐘頭了，想退回去又心不甘，都爬上來這麼久了，何況，茶水和中餐都在山上等著啦。

最後這一段路沒有了石階，水流沖刷出崢嶸的亂岩和翻開了的沙石，一步一個腳印踏著走吧，聽得見自己的噓噓喘氣聲和心跳的咚咚聲，久坐辦公室的兩條腿啊，再也拖不動這最後的一程了。

終於，爬到山崖盡端「鹿林山莊」這塊石碑，豁然開朗的一片平坦，出現了一幢棕色原木的精緻平房。身輕如燕的領隊張時坤早已在那裏等候我們；女作家李宗慈和她那個才四足歲的「小泰山」兒子，居然超越了我們，正坐在石欄上嘻嘻笑著休息呀。

白茫茫的玉山霧越來越濃，我們也把手捲在嘴邊，對著山下落在後面的丹扉、邱七七、小民和劉靜娟幾個女作家大喊：

「快到了啊，加油！」

這一千一百公尺長的山徑，落差少說也有七八百公尺吧，我們心理上毫無準備，糊糊塗塗一個勁兒就爬了上來。

人累得氣喘呼呼，上氣不接下氣，但畢竟也可以調侃一下自己，只穿著一件菲律賓衫和休閒鞋，居然也能爬過一段玉山了。

——八十年六月十五日 臺灣日報副刊

庭樹

我家住公寓的二樓，時常望著樓下鄰居的庭園一片荒蕪，新草滿脛，卻沒有什麼樹木，覺得十分可惜，前幾年春天，我從花蓮攜來幾株竹根，趁鄰居平日不來時，偷偷種在他們院子的邊坡上，希望它能在幾夕春雨下茁筍出枝，享受一點「種竹幽堂下，涼生暑氣微」的樂趣。以後便每天憑著欄干俯望新竹生了沒有，太太認爲我做這種事，眞是傻不可及，我卻說「古人借宅亦種竹」呢，何況我還久住在這裏。

果然，蒼天不負苦心人，一個多月以後，草叢中冒出了細細一枝竹枝來，淡淡的綠葉，細細的竹心，隨著和風輕輕搖擺，我這一喜非同小可，每天回來俯瞰新竹，便成了最大的賞心樂事，聯想到這一株竹會孳生爲竹叢，綠滿窗前，望葉森然，該是多麼幽雅宜人的景色。

有一天下班歸來，樓下有幾個工人正在收工，滿園的荒草都割掉了，顯得院子忽然開朗了不少，整院子堆滿了河沙與碎石，還有一堆水泥。原來鄰居爲了夏天來山上避暑，要把整院子鋪上水泥，爲的是防蛇；在這個理由下，我種的那株嫩竹，也就跟著割雜草時排頭兒砍將去，堆成一處，要曬乾火化掉。使我對看天天凝望的空空坡邊，只有唏噓憑弔的分了。

沒有自己的土地，想要擁抱一叢森森綠竹都多麼艱難啊。

大前年，同樓「門當戶對」的近鄰移民美國，把他們的房屋轉讓給我們，小小的兩戶合併起來，便覺得豁然開朗多了，南北兩屋打通，冬天的暖太陽與夏日的過堂風，成了天然的空調機，使生活暢爽了不少。

最愜我心的一項，便是鄰宅的一端是處斜坡，坡勢雖陡，卻總是土地，我住了十多年的二樓，首度與大地親近，有說不出的踏實感與歸屬感。公餘之暇，便捲起袖子挖挖種種些花木起來。

最先想到的還是種竹，只是這一處砂石頗多，似乎不宜於竹，種了幾次都失敗了，沒想到石頭縫中，一株原來並不起眼的小小槭樹，生機卻越來越旺盛，獨霸了一院的春色，使得我們不能不刮目相看。

槭樹到了冬天落葉，只剩下光禿禿的枝椏，縈紆高下，疏密交錯，而不遮住可愛的冬日，枯赭的五角槭葉，像撒滿了一院的星星，襯在鋪地的白磁磚上，圖案十分綺麗，而幾夜春雨以後，圓蓬蓬的一團樹枝上，便萌生出嫩葉，柔軟的枝梢，薄透微紅，由紅芽而嫩黃，凝為一片綠煙，從淡綠而漸漸變濃，葉片也長大厚實，頂住了滿院的炎炎烈日，形成了一片濃蔭，正是孟浩然詩中的「綠樹村邊合」，樓邊的欄干都看不到了，微風吹過，樹葉沙沙傳響，帶來淡淡幽幽的葉香味兒，還聚來一些嘰嘰喳喳的鳥兒；秋色漸深，槭葉漸漸由深綠而變為金紅，它不像楓樹一樣為秋陽燒得火紅，葉面也較為細小，但到葉色轉為赭黃時，便隨著肅殺的秋風蕭蕭落下疊成厚厚的一層，我們便把枯葉掃成一堆，堆在樹根下護泥，在明年的春季會使樹幹的年輪又增大一圈。

樓上新遷來一戶鄰居，他們說，選中這幢樓，就為了喜歡樓下這棵綠意盎然的槭樹。庭院中，我們從此有了一棵睦鄰護室的小樹；風動簷鈴，簌簌的樹葉在應和，奏出了人樹兩不厭的天籟。

——八十一年三月十二日　臺灣日報副刊

悠然見南山

民國六十二年，聽了朋友的慫恿，到新店花園新城山上來看房子，當時十路二段的「五峰」——玉峰、翠峰、美峰、秀峰、慧峰樓，連地基都還沒打好，人站在山崖邊，只見到山下面挖了四個方方正正的窟窿，陪我們看房子的服務員指著說：

「這就是慧峰樓的地址。」

那天，夕陽燦爛，舉目望去，對面山上蓊蓊鬱鬱一片蒼綠，還有一戶農家，炊煙裊裊升起，兩隻白鷺展翅在山谷內緩緩飛過，面向這片山林，心情十分敞朗輕快，我二話不說便交了定金。

那一陣子全世界正鬧石油危機，房屋興建的進度時走時停，幾次上山，黑窟窿還是黑窟窿，我乾脆就在萬壽樓（以後改稱「翰林樓」）租了一間房子暫住下來，每天站在東端樓梯口上，俯瞰興工的情形，每灌一層混凝土，便「卡擦」照上一張相。當時還沒有水泥車灌漿，只見十來個工人在一架拌合機旁邊，忙忙碌碌的倒沙石拆水泥袋，再用手推車，把一車車的混凝土倒在模板鋼筋上。

眼見樓房一層層的成形，止不住這分兒興奮，天天都到自己預訂的住屋去巡視一番，到砌牆上門窗，「家」便有個具體的雛形了，樓下楊家多蓋出一間十坪的客廳，新城公司董事長修澤蘭先生對我說：

「黃先生，你多出十坪的陽臺了。」

我說道：

「住公寓要陽臺做甚麼，我還是加蓋一間房吧。」

修先生沈吟一下，答得很爽快：

「好吧！每坪我算你九千元。」

雖只比訂購的房屋少了一千元一坪，但這卻是我最爲得意、生平最好的一次投資，它成了一間三面採光的書房，前年翻修時，原來修慧峰樓的楊承禕工程師，爲我設計了北牆整面的大片玻璃，對面南山的竹林叢樹，借景而盡成書房畫圖，景色極美。擱筆凝思時，一望整山的翠綠久久，正和太湖鼋頭渚那裏碑上所題，「對此忘機」了。

每當下班後或暫離歸來，車一進花園新城道上，人便舒暢起來，這一片綠！這分兒靜！眞想不到竟享用了近二十年，固然山林毓秀鍾靈，山谷中蘊聚得有一股旺氣，住在這兒的芳鄰人人好雅喜靜，才能闢卻凡俗，安心在這山上住定下來，沒有臺北市十里紅塵中人群熙熙攘攘的鬥角勾心。徜徉在這幽谷花樹中，才眞體會到林下優遊的無往而不自得。

我十分珍惜近二十年的山林福，自己何幸而竟能在濁世中「居之安」。

——八十二年六月五日　新城月刊

山齋

家住公寓三樓，卻有一間通風、採光、景觀都過得去的書房。

南窗下面，有一排白漆花架，架上，鄰居的九重葛疊疊重重，嫣紅暗綠，花開得正緊。

北窗外是陽光下的屏山，從谷底潺潺的蘭溪往上，整座山一片燦豔豔的翠綠，從山麓到山峰，看得出一片樹海和隨風起伏的樹濤；山巔上，便是薄薄一片淡青如洗的天空了。

書桌面對東窗，樓下搖曳有致的聖誕紅葉，高得與窗緣齊了，望得見鄰居一片整整齊齊的芝草庭院，再遠一點，院端矗立著幾株精神抖擻的椰子樹，像水墨般幾筆揮灑的深綠羽葉，護住了水源深處的山谷。只有山腰兩三座高壓電的淡灰色電塔，牽著五線譜的電力線，悄悄從對山橫過。

秋深以後，滿山的綠樹間或染上一兩筆蒼黃；入夜，沒有噪耳如雨的蟬鳴蛙鼓了，隨著涼風襲進窗內來的是幽幽的薑花香。

當初搬到這兒來，選定書房看上靠東而三面有窗的這間，爲的便是它面對了滿山的青翠。對山竹叢前原來還有一戶農舍，不時聽到小孩的嘻笑，看見焚燒稻草的裊裊青煙，而今農家已遷走了，平平坦坦幾畝山田，已經長滿了芒草，入冬以後，便會蒙上一層淡淡的芒花白霧，那戶深暗的農舍四牆，已經被綠色的藤蔓苔蘚裹得門窗都看不出來了。

「寧可食無肉，不可居無竹」，只是住二樓的人，怎麼能奢望有一坪土地種竹子。我卻在前幾年，到山上去挖了一兩節「纍纍節轉蒼龍骨」的竹根，和著泥土拿下山來，到樓下鄰居的北院邊緣，悄悄兒埋了下去，希望有一天，會看到窗前綠竹猗猗。果然，過了不久，它眞正出筍冒葉，只是長得太慢了，聽說有些竹子一晚可以長半公尺呢！我每天都到陽臺上俯望，要定睛好久，才能從新芽中發現這根稚竹，只是一年還長不到一公尺高，就被旁邊的藤蘿纏了上去，開出紫色的小花兒迎風招展起來。這種隨意糾纏的揚揚得意太過分了，反正樓下的鄰居並不常來住，有天我下樓到了他們院子後緣，把「我的」嫩竹上的藤蘿都扯了下來。

這種盼竹的喜悅沒有多久，鄰居回來了，還帶得有工人，把滿園樹木連同新芽刷刷刷一刀刀砍掉，砍得我肉跳心驚，在陽臺上俯問要做什麼？工人愛理不理地回答：

「要鋪水泥呀。」

鄰居太太怕蛇侵入園子，把後院鋪成一片灰暗的水泥時，我悄悄種的竹子也就成了柴，混在一堆枯草裏燒成了煙與灰。

然而，似乎像彌補我的無奈與悵惘般，鄰居在東窗下的院子裏修了個方方的魚池，還種了些田田的睡蓮，紅色的蓮花與紫紅的蓮葉下，還有幾尾錦鯉在悠然游動。甚至，在聖誕紅叢邊的一塊地裏，竟冒出了幾株細竹，而且長得很快，青翠森森的竹葉就在陽光下輕輕沙沙細語，入我夢中的綠竹青青，終究成爲窗前的景致兒了。

窗外的綠色，映在書桌玻璃板上，外面的天空無限寬廣，然而，室內的空間卻越來越窄。原來想做四牆頂天立地的書架，只因爲捨不得拋棄幾個舊書櫃而沒有做，以致書籍「漫溢」出來，走廊上，牆角裏，床頭邊，到處都是它們。每一本書、每一張卡片似乎都在喧譁，要有自己的一片天地。

書房是我閱讀的地方、寫作的所在，但也是休息的好去處，我喜歡在書堆上擺一張湘竹榻，手倦拋書便可以隨時息偃在床，炎炎夏日中，只要把百葉窗的窗繩輕輕一拉，調整成進風的角度，山谷中的習習涼風便流進房裏，還緩緩爲我把書房門推動關上，北窗風下的羲皇上人，果然享受到了。

在這間小小書房牆上，掛了友人爲我寫的一首趙抃的詩，道出了週日我在房中足不出戶的心境：

軒外長溪溪外山，
捲簾空曠水雲間；
高齋有問如何樂？
清夜安眠白晝閒。

——七十七年十一月一日　中華日報副刊

書非搬過不知難

——書齋？成了書災啦！

「書到用時方恨少」，這是書迷愛書的眞理，所以買起書來大多理直氣壯，多多而益善。然而，這年頭兒裏，隨著房地價格的飈漲，一坪地由五位數一躍而上六位時，這句話就受到嚴重的考驗了，您能用二三十萬一坪的空間，擺上不値幾千塊的破舊書籍嗎？想擴大書房便成了一個遙不可及的夢啦，我適應書籍不斷增加的壓力，唯一的辦法便是把書房改建，四壁全改成頂天立地的書架，陪了我十多年的幾個六尺的、七尺的書櫥統統忍痛送人，好匀出更多的藏書空間來。

人要到搬家時，才知道「書非搬過不知難」了。書在架上，既蘊藏智慧與知識，也裝潢了室內空間，高低參差，五顏六色，散落一股靈秀氣，可是書裝進箱子內，便成了重甸甸厚實實的一大堆紙，扛得人咬牙切齒，壓得你汗流浹背；整理書架時也耗時費日，兩三個月還理不出一個頭緒來。不過，家搬多了，也就有了經驗，多多準備些小型標準紙箱、水果箱、送貨箱……書籍事先捆好分類，箱上記上號碼，就像聯合國教科文組織遷移尼羅河畔的埃及石神像般，先分割編號包裝，到新居再按次序組合也就恢復原狀了。

而我這一次並不是搬家，只不過改建書房，心理上便沒有什麼準備，大不了把書籍換一間房擺再擺回來就成了，爲了落得輕鬆，還由工人幫忙來搬，誰知道書是有靈性的東西，經俗手不得，我一時大意，立刻就有了報應。

那天下班回家，書房已經被工人掏空了，所有的書堆在另一個房裏角落上，成了個丘陵，層層疊疊，而且本本灰頭土臉，蒙上了一層工人敲下牆壁的塵土灰泥，更使人心痛的是，一些不可須臾離的參考書、工具書，都堆進了亂葬岡；連事先準備好通訊錄、電話本的抽屜，都壓在那大堆書刊下，不禁叫一聲「苦也！」卻怨不得誰，只有敲自己的水泥鋼筋腦袋，自己的書籍即使是搬一間房，怎麼可以放心由工人來下手？

好不容易熬過了修理書房這幾個星期，工程師交屋給我時，舊室已經全面改觀了，高及屋頂的全室淺灰書架，一列靠窗的書桌，一排排的抽屜，一格格的書櫃，尤其面山的這面窗，改成了一大扇從書桌直達天花板的觀景玻璃窗，窗外濃綠搖曳的山頭，就在眼前森然呈現，住了十幾年的山居，這還是頭一遭兒發現自己竟擁有這麼巨幅的天然山水畫朝夕相對。「我見青山多嫵媚」，這一次可體味到辛棄疾的舒暢心情了。

但是，要在享受這一片翠綠中落戶的日子還非常遙遠呢，幾千本書刊要一本本運回來，還要親自替它們分類、歸屬，更要把封面封底勤加拂拭一遍，去卻那層塵灰才能上架，每天下班後充其量不過整理清刷出幾十本來，許多叢書其中便有些本雲深不知處，只有在書堆中挖掘，有時偶爾能湊齊，便喜出望外，這一天也有了大團圓的成就感。這一陣子也趁此機會，翻檢到一些自己買了而沒有多看過的好書。這麼一來，歷年所買的書，自己作了一個總檢閱，親自動手過，以後自己要找，至少有個著落了，想想這番苦累還是值得。

每夜失神落魄地在滿地板凌亂的書刊堆中摸索、清理，看樣子，沒有一兩個月的時間還搞不完。甫進國中的兒子，也知道調侃老爸了，他說道：

「爸爸，你這裏不是『書齋』，而是『書災』了。」

飈車百里

聽說要送琦君阿姨到中正機場返美，湘兒最是興奮。他今年甫自師院實小畢業，卻早已是琦君的忠實小讀者了，琦君的每一本書他都看過，還與琦君阿姨通過信。三年前，琦君還爲他畫了一張鉛筆畫，他便貼在書桌的鏡面邊。書桌怎麼會有鏡子，原來這本是琦君的梳妝臺，六年前她出國，便把這個梳妝臺留給他作書桌，那是一張檜木製的精緻梳妝臺，有小巧的抽屜和一面大鏡子，他就在這個梳妝臺書桌上，從小學一年級唸到六年級，一直到今年要進國中，個兒也長大了，才戀戀不捨另外換了書桌。因此他對琦君阿姨是最敬佩最熟悉的了。

由於忠孝東路這一帶車輛極多，因此五月二十八日中午十二點四十五分，我們按時把車開到琦君的住處時，門口已不能停車，我便把車停得遠遠的，要莉坐在車中，以免有人來撻。我則下車帶了湘兒，上琦君的十二樓住處去幫忙運行李。

琦君看見我們一大一小依時前來送她，非常高興。湘兒十二歲，也能提得動輕一點的東西了，我們三個人便把琦君大大小小七八件行李搬到電梯中運下來。

行李搬到樓下中庭，我便要湘兒幫琦君阿姨看住行李，便到巷道遠處把車開到門口，打開行李箱蓋，要往後面上行李。湘兒立刻提了兩個小件行李往裏面放，我說：

「等等，先放大件再放小件。」

他便把這兩件拿出去，我則到中庭把琦君兩口大箱子搬上車，四個人一陣手忙腳亂搬放行李，關上車門，我這才鬆了一口氣趕緊開車，還向趕到車邊送行的何凡先生含笑招招手。

「黯然消魂者，惟別而已矣」，不過這一次我們卻沒有這種感覺，因爲近代交通實在太方便了，十八個小時就可以從紐約飛到臺北。加之這次送機，一切都很順利，琦君的先生唐基先回紐約，再四交代琦君，要在一點鐘出發，因爲他也是坐的這一班飛機，他那趟在高速公路上塞過車。我們遵照他的囑咐，果然一點鐘離開，但卻毫無交通擁擠的情況，談談笑笑，眞有「一路順風」的順暢感。

車到了中正機場，把行李都卸下來，我正要把車開到停車場去時，琦君和莉卻前前後後在找一件化妝箱，我覺得奇怪，因爲從十二樓往下搬時，印象中就有這個暗灰色的圓盒啊。等到前前後後遍找無著，琦君也非常焦急，我看看錶，是下午兩點了，距飛機起飛還有三個小時，便決定要莉與湘兒送琦君去辦手續，自己開車回臺北去找。特別叮嚀，不論我找不找得到，趕不趕得回來，一定要送琦君坐上這班飛機，因爲紐約國際機場，唐基他們正在等著接機呢。

要在兩小時以內，從桃園機場趕到臺北跑一個來回，自己實在沒有這個把握，要把那個珍貴的化妝箱找到，那更是未知數了。

行駛在回頭的高速公路上，覺得運氣似乎還眷顧我，正是黃梅時節，今天卻陽光杲杲，雖然是週日下午，還並沒有塞車的跡象，而心中卻惦念著，找不找得回來這個小箱子。

好不容易下了建國北路高架道路，一進忠孝東路的車流，心就涼了，怎麼前前後後這麼多車，到了崇光百貨公司附近，車速更接近了蠕動，儘管車內開了冷氣，還是覺得頭熱手溼，汗水往外沁。

好不容易遇到紅燈，我搶在內側車道，一聲吱叫，車子一個左轉越過忠孝東路進了巷道，也顧不得併排停車不停車了，手煞車一拉，推開車門就往琦君寄住過的大樓裏跑，上氣不接下氣地問大樓管理員：

「請問你有沒有看到一個暗灰色的化妝箱？」

還不待他答話，一眼就看見那個化妝箱端端正正擺在他櫃臺上呢，這一陣狂喜湧上心來，一連串的謝謝謝謝，提了箱子就往車上跑。

回到車上，時鐘指著三點，距離琦君進出境門還有一個鐘頭，應該沒有問題吧，四肢百骸頓時輕鬆下來，音樂聲也聽得入耳了。只是車一轉進忠孝東路的人潮車流裏，握住方向盤的手又僵硬起來，車隊不但不蠕動，根本就不動，偶爾前進個一兩公尺又停下來，時鐘一分一分過去，我又滿頭大汗起來。

一步捱一步，車子好不容易擠到建國南路邊，一個右轉竄上高架橋，這才鬆了一口氣，現在該我神了吧，誰知道高架橋上也是車輛綿綿，以一小時十五公里的速度慢吞吞前進，這時已是三點二十五分了，還沒有擠上高速公路，手指頭敲著方向盤，快趕不上了，怎麼辦？原先的喜不自勝變成了焦躁與無奈。

上了高速公路，只剩下三十分到四點了。要在四點前趕到中正機場，只有以速度爭取時間吧，右腳使點兒勁，油門增大，車子便箭似的竄了出去，時速由七十、八十、九十……車速警告器吱吱響了，不理它，一百，一百一，一百二……有車就超，想不到今年五月，輪到我來飈車。風聲呼嘯，車體輕抖，高速公路啊，今天我陪上你了。

為了鬆弛一點精神，音響中放了一卷相聲帶，聽聽魏龍豪和吳兆南的學說逗唱吧。車窗外的景物刷刷地往後掠，正聽得入神，怎麼著，稍一不留心，竟駛過到桃園機場的南崁交流道了。這一驚非同小可，只好把車速放慢，想到還有中壢休息站可以迴轉掉頭，方始安下心來。

誰知車到了中正國際機場，停車場中密密麻麻的車海，竟無一席之地可以停車，好不容易停下車，提了這個失而復得的化妝箱，進機場大廳，登上出境站的電扶梯，剛剛向上到了樓梯口，鵠候了一個多鐘頭的湘兒，便一把搶了過去，飛奔到正在默默念佛的琦君阿姨身前去。看看時鐘，四點正了，剛好趕上她進關報到準備登機的時間。

莉在機場陪著琦君苦候了這漫長的兩小時，這時方始鬆了一口氣，我們喜笑顏開由湘兒來合照了一張送別的照片。送琦君進出境室門時，我向她輕輕說：

「琦君，妳走時送那位管理員兩千塊小費，眞是值得……」

琦君也笑了。

千古風流人物

懷托爾斯泰

——紀念托翁誕生一百五十週年

近代史上，砲科出身的偉人很多，法國的拿破崙、美國的杜魯門，俄國後有索忍尼辛，先有托爾斯泰，他們的文事武功，都是轟轟烈烈，舉世聞名。

托爾斯泰生於一八二八年（清道光八年）八月二十八日。他在十歲時便失怙恃，以後二十年中行蹤遍及俄國各地，「鬥雞金宮裏，蹴踘瑤臺邊」，賭博、酗酒、冶遊，過著放蕩不羈的生活。二十三歲那年，他進入高加索一個砲兵團任砲兵少尉，克里米亞戰爭中，參加了血肉橫飛的塞凡堡保衞戰，在要塞第四臺擔任指揮，也就是在這段時期，他幾幾乎是偶然才做了他所謂的「作家」。因為他決心效法富蘭克林，每天都勤寫日記，用來作自我分析，因此發展了驚人的寫作天才，三篇〈塞凡堡故事〉，奠定了他的聲譽。俄后讀過第一篇，不禁潸然淚下；俄皇驚訝讚賞，傳諭把原著譯成法文，還把他調離了戰地。

說來令人難以相信，這位舉世敬佩的大文豪，終其一生都在逃避文學事業，而一心一意要去做他認為最有意義的事情——小學教育的理論與實施。

他三十三歲那年，在自己的田莊上成立了一所小學，自己來教莊內目不識丁農奴的子女，同時發行了一本雜誌，發行宗旨是「教育受過教育的人」。起先這種雙管齊下的工作，似乎還很順利，可是漸漸才發覺自己並不懂教書，使得他幾乎絕望。他各種生活都試過了，只有婚姻的念頭拯救了他。

他一生的思想從來沒有統一過，時常不惜「以今日之我戰勝昨日之我」。那年六月裏，日記中還記著：

「我的牙齒統統長齊了，卻依然沒有結婚，很可能就此永永遠遠單身打到底吧。」

可是到第二年，他精神衰弱，咳嗽又老不斷根，就在這種情形下結了婚。

托爾斯泰的婚姻是他成功的關鍵，也是他一生痛苦的原因。他記得很早很早時，為了單相思而把一個「老婆娘」推出大門外，當時他才五歲，「老婆娘」是十歲；後來「老婆娘」

生下那位脾氣火爆愛吵架的女兒，芳名「蘇菲亞」，在一八六二年九月二十三日，蘇菲亞和托爾斯泰結婚，比他小了十六歲。

婚後一年，托爾斯泰寫信給表兄，說道：

「以前我從來沒有感到過，自己的智力，甚至我的道德力這麼不受阻礙，這麼宜於工作。我有工作了——一部從一八一〇年到一八二〇年間的小說。」

這部小說便是《戰爭與和平》（最初書名爲《一八〇五年》以及他以前的「塞凡堡三篇：一八五四年十二月；一八五五年五月；一八五六年八月」。看得出索忍尼辛的《一九一四年八月》書名，便是受了托爾斯泰的影響）。這本書從動筆到殺青，托爾斯泰夫人都擔任他的祕書，同他那一筆龍飛鳳舞書法的原稿奮鬥，其中有些經托氏改了七次，她也就謄錄了七遍，儘管她在日記中寫著：

「整天時間都在爲『獅哥』的小說抄稿……淚水盈眶心旌振奮……」

托爾斯泰卻在書中勸人不要結婚：

「……否則，你就犯了災情慘重、無法挽救的錯誤。唯有上了年紀了，百無一用了，那時才結婚吧。否則你內心中的美好事物、崇高理想都會丟開，一切都會浪費在雞毛蒜皮的瑣瑣碎碎上。」

「人生中，也像在藝術中一樣，有一件事很必要，那就是道出眞實。」

這是托爾斯泰的觀念，他的作品並不發明，而只記錄，萬古千秋，他筆下繪情寫景的形象都會栩栩如生，具有永恆的價值。

托爾斯泰作品的主題是人道，他也是一位畢生自認對舉世一切人生問題都有正確答案的人；然而他的自相矛盾與自相辯駁，使得他每一部小說開頭要表達的觀念，到了末了，所說的都與他原先所要說的完全不同。以他在四十九歲時所寫的《安娜卡列妮娜》來說，原來的想法是要表達出一個女人的私通是罪過、醜惡，和違背了人性，女主角原來的名字是「塔娣娜」，一個嗓門兒大、作威作福、自私自利、肥肥胖胖的那麼個婆娘，這本書經過幾次改稿，竟成了一位風姿嬌媚、天香國色的安娜，使得創作她的人，都違背了原先的打算；起先要譴責的一位淫婦，到頭來變成了任何讀者都我見猶憐的女主角，構成了一部偉大的小說。

儘管他在《戰爭與和平》中宣揚：

「即令在人生最好的、最友善的、簡單的關係中，尊崇與讚美都是不可或缺，正像車輪上的機油，可以使它們潤滑，跑得順順當當。」

可是他在《藝術論》中卻目無餘子，力斥莎士比亞、貝多芬，和米開蘭基羅等人，認爲他們都是惡劣的、不成功的藝術家。全世界文學大家中，被我們尊爲「兩翁」之一的托翁，對莎翁的批評，竟是毫不容情：

「他可以成爲任何角色，但不是位藝術家。我可以證明莎士比亞簡直不能稱爲一個第四流的作家，而且在描寫人性上，他是完全無能的。」

他和當代的作家屠格涅夫第一次會面便發生了猛烈的衝突，年齡大他十歲的屠格涅夫氣得要摑他耳光，他就要用手槍決鬥，當時他還沒有結婚，火氣正旺著呢。兩位文豪的不和共達二十年，直到他行年五十歲時，才知四十九年之非，一反常態請求屠格涅夫原諒他。

儘管托爾斯泰富埒王侯，名滿天下，他在晚年所倡導的質樸生活、素食、非武力抵抗，和禁慾，舉世的信徒以百萬人計，甚且包括了甘地、契訶夫在內，然而他的新信仰從來沒有使他太太有一絲半毫的興趣。這兩個相愛相需的人，爲了生活方式，爲了子女教養（他們在十五年中，生了十三個子女），爲了托翁版稅權利，發生了齟齬；完全是由於對托翁最珍惜的信念挑戰，才爭鬥得這麼激烈，這麼殘酷。

托爾斯泰晚年亟亟於反璞歸眞，而太太對他爲了小學課本花費了精神與時間，已經覺得很懊惱；對他的篤信宗教、學習希伯萊文，以一等一的才智竟去鋸木頭、煮飯菜、縫皮靴，更「只是感覺憂鬱」。

最愛他的人都不懂他這種精神改造的偉大，別人又怎麼能了解他呢？屠格涅夫就說過：

「我爲托爾斯泰可惜，可是法國人說得好，捉蝨子各人有各人的一套嘛。」

但是屠氏在幾年後易簀之前，他還是寫信給托爾斯泰：

「朋友，俄國的大作家啊，重新回到文學上去吧。」

托翁早期的一部小說是《家庭幸福》（一八五九年），然而這卻是他在晚年所得不到的東西，誠如他在《戰爭與和平》中諷刺女人有名的疊詞，眞個是：「一無所有！一無所有！一無所有！」（然而，也眞是對他這種「大男人主義」觀點的諷刺，《戰爭與和平》有三個英譯本，其中四位翻譯家中，三位是女性：毛德夫人、嘉奈德夫人和艾蒙絲女士）古稀前一年他就寫下信件給太太，決心離家出走：

「我已決心要實行已想了好久的計畫；走……蘇菲亞，讓我走吧，別找我，無恨，亦無嗔……別了。」

可是他還是不忍離開，一直到了十三年後，一九一〇年十月二十八日離家，翌日病倒在小小的阿斯托波夸火車站，十一月二十日凌晨六點逝世，享年八十二歲。

法國的羅曼羅蘭，聽到托翁死訊，心情激動，他拋下了正在進行的小說《約翰克利斯朵夫》，寫下了他一生中四部名傳記之一的《托爾斯泰傳》，道出了舉世同悲的悼詞：

「我們以各不相同的理由愛他，因爲每一個人在其中找到自己，而對於我們全體又是人生的啓示，開向無限宇宙的一扇門……他的作品已成爲我們的作品了，由於他熱烈的生命力，由於他內心的青春……由於他對博愛與和平的夢想，由於他對文明的欺騙加以劇烈的攻擊，由於他具有大自然的氣息……。」

這是托爾斯泰的巍巍紀功碑，他和他的作品，永遠活在世人的心裏。

——六十七年九月九日　中華日報副刊

六十九年十月十七日改寫

嬌小的女文星

——美國現在最受歡迎的女作家歐慈

美國女作家歐慈（Joyce Carol Oates），一九三八年六月十六日生於紐約州「鎖港」市（Lockport），今年五十一歲了，和《飄》的作家密契爾般，長得嬌小玲瓏，弱不禁風，然而細小的身軀中，卻蘊藏著無盡的熱力，迄今爲止，她已寫了十七部長篇小說，十三册短篇小說，八部詩集，兩部論文與書評，兩部劇本。有些批評家稱她的創作力有問題，在《哈潑》雜誌上，書評家詹姆士吳爾考特（James Wolcott）對她的一篇評論，題目就是〈在我再寫以前擋住我吧〉（Stop Me Before I Write Again）。

「亨利詹姆斯寫了差不多一百本書，」歐慈自己說：「楚洛普（Trollopr）或許寫了一百三十本；諾曼梅諾也寫了很多書。可是一個女作家寫了好多書，似乎這就不對了。」

她寫作的速度大致是一年出兩本書，這種多產的紀錄，不但使人人敬畏，也引起一些書評家的猜疑，指責爲「自動寫作」。然而，她的作品「白雪陽春」，一向只有一批不多的知音讀者，爲數大約在兩萬人左右，買她的精裝本書籍。

歐慈從小便搭校車去小學、初中和高中，所有的男生她看起來都很大。每天通勤上下學，在校車中目睹許多粗魯的男生欺侮個子小的同學，可是這些男生常常只念到高一左右便休學了，使她感慨，在她的小說中便常有童年的這些景象出現。

在外在紛紛擾擾的世界中，她家農屋所在，卻是溫暖、安全，有許多池塘河沼的所在。她一家人信奉天主教，家人衆多而緊聚在一起，常在她作品中出現的爺爺，在她十四歲時，就買了一架打字機，送給這個有道蘊才的孫女兒。

歐慈沈思中，總說：

「爺爺對我的影響最大，他向我講各式各樣的故事，那時我就開始打算把這些故事寫出來了。我還不認識字母以前就裝模作樣用手寫字，有些時候根本就是畫符號——蝴蝶啦，貓啦，樹啦之類。」

她一生寫作雖勤，但在美國當代作家中，卻並不是家喻戶曉，主要因爲她超然物外，自已不願彰顯，與現實世界保持一段距離，拒絕受人訪問或者到電視上對談亮相。而只以優雅的細節編織暴力的故事。

歐慈在一九六一年元月二十三日，與雷蒙史密士（Raymond Smith）結婚，史密士長得英俊、個子高大，卻個性內向，是位研究十八世紀文學的教授，現已退休，主編《安大略評論》，很了解文學作家，而能相敬如賓，讓歐慈專心致志在寫作上。他們沒有子女，歐慈除了寫作，也熱愛家事、烹飪，把家庭料理得窗明几淨。

但是歐慈作爲一個作家，即令在開車，在作家務，不論自己在做什麼，念茲在茲的還是寫作，有時一天二十四小時都耗在寫作上。

「如果你是作家，」她說：

「就把自己定位在一堵默牆的後面，不論在做什麼，依然是在寫作，因爲你有那種空間。」

有一次，她已經上床了，卻依然夢想一本已經出版的作品，會有一個新結局，後來果眞出版了續集《奇境》（*Wonderland*）。

一到入夜，她就像一個起草故事的小女孩般，一枝鉛筆、一個本子，人便蜷縮在長椅上龍飛鳳舞起來。然後在上床以前，把所寫的各頁與當天做的筆記都看一遍。

她的書房很寬敞，一張大書桌——書上沒有甚麼碎亂的紙頁，還有一個檔案櫃，一塊釘了許多標題的布告板，還有一把長靠椅。

「我通常從上午八點三十分工作到下午一點，下午則打打電話、去上課，或者去紐約市。然後便做晚飯，又從晚上八點工作直到十一點三十分。」

這一天工作能寫一頁到十頁不等，通常是五頁，除非是短篇小說，那就要一天之內定稿，一天能寫上四五十頁，

「我年紀越來越大，發現自己寫不了那麼快了，得一改再改，有時改到十七遍之多。」

她書中的角色，據她說，都是眞有其人的組合，只不過先生從來沒有在她書中出現。

歐慈二十五歲時才頭一次到紐約市，爲的是找「前鋒」出版公司出她的第一部短篇小說。她以前的編輯薛麗蒂說：

「哇，她一對眼睛有海洋那麼寬。」

伯樂識良驥，薛麗蒂賞識她的天才，出版了她的初作。

歐慈的小說《他們》（景翔譯，爾雅出版），得到一九七〇年的「全國書籍獎」；一九六八年，曾獲「歐亨利短篇小說獎」。

諾貝爾獎

每年進入秋季以後，號稱「一年一度的智力奧運」，便吸引了舉世人士的注意力；尤其是傳播媒體，更聚精會神聆聽北歐兩個國家——瑞典和挪威——傳出來的消息：宣布本年度諾貝爾獎的得獎人。

八十七年以來，這一項獎使舉世許許多多，對人類有「實質貢獻」的人士，一夕之間，由沒沒無聞而名滿天下，既有爲數可觀的獎金，更戴上了終生光榮的桂冠，邦人國土，也認爲是莫大的榮譽。而在傳播上，瑞典斯德哥爾摩市的巍巍地位，似乎也勝過了四年才一度的希臘奧林匹克岡了。

古往今來，全世界有錢的人不知凡幾，但能像瑞典科學家諾貝爾（Alfred Berhard Nobel, 1833-1896）這樣，能善用自己的財富來惠及人類，榮歸智慧，使自己與國家能在世人心目中，永遠留有敬意，久而彌堅，眞個兒的前無古人。他的姓氏這三個字兒，在全球各國家喻戶曉，變爲成就與殊榮的代名詞，比起我國歷史上富可敵國的鄧通、石崇、何曾、和珅輩都只留下了罵名來說，不知道高明多少萬倍了。

世人只知道諾貝爾發明了炸藥，其實他所發明的專利多達五百五十多種，生前有十五家工廠和五十三艘油輪；百年前的九百萬美元資產，應該可以號稱「富甲一方」了。然而有錢並不就會快樂，諾貝爾便是其中之一，終其一生他都孤零零，一個人打光棍，住在巴黎。

一八九六年（清光緒二十二年）十一月二十七日，諾貝爾也料到自己在世之日無多，便在那天，在巴黎的「瑞典人聯誼社」裏，當著四位證人前，就著扯下來的半頁紙上，寫下了他的遺囑，成立五項獎，以他資產所孳生的利息，每年頒發給「本年度對人類利益最具實質貢獻的人」。他在寫完遺囑後不到兩星期，就是十二月十日那天，逝世在義大利的別墅，書桌中上還紛陳如何臻致和平與如何發展新武器的筆記。

諾貝爾原先在遺囑中指定的五項獎，規定經選出在下列五項境域中出類拔萃的人士或者團體，不分國籍，一律頒獎：

物理

化學

生理及醫藥

文學

和平

到了他逝世後七十三年的一九六九年，瑞典的中央銀行，又新增加了一項：經濟獎。

只是，選拔這六項獎得獎人，不但屬於四個團體，而且分隸兩個國家。因此，要爲這六項獎的候選人作遊說、打行銷，起碼也不要做外行而跑錯了碼頭，搞錯了衙門。

諾獎總其大成的爲「諾貝爾基金會」（The Nobel Foundation），地點在瑞典國斯德哥爾摩市斯特瑞加登路十四號（Sturegatan 14, Stockholm），董事會有六位董事，董事長由瑞典政府指派，來執行諾貝爾的遺囑，監督遺產的投資運用。

而六項獎金得獎人的產生，則由四個組織以投票方式選出。瑞典科學院（The Swedish Academy of Science）的一百七十五名院士選舉物理獎、化學獎與經濟獎；瑞典的第一家大醫院「卡洛琳研究所」（The Caroline Institute）的四十五位醫師與講師選舉醫學獎；而由「瑞典學院」（The Swedish Academy）的十八位作家來決定文學獎。

可是，諾貝爾的和平獎，卻由挪威人來決定與頒給。這是諾貝爾本人所作的決定，藉此拉攏鄰邦。因此，諾貝爾和平獎，由挪威國會（Storting）指定五位挪威名人——六年一任——組成的「諾貝爾委員會」（Nobel Committee），決定本年度的和平獎得主。而頒獎日，不論在斯德哥爾摩市或者奧斯陸市，都是在每年諾貝爾的忌日——十二月十日頒獎。

由於諾貝爾獎的得主可以是個人，也可以是團體，在「和平獎」的頒授上便看得出來。例如，一九八八年便頒發給「聯合國和平維持部隊」，這也是聯合國的第三次得獎；國際紅十字會也得過三次。

「和平獎」的個人得主，更是世界和平的「名人堂」了，美國有過兩位總統上榜，一九〇六年，老羅斯福因爲調解日俄戰爭；一九一九年，威爾遜因創辦國際聯盟而得獎。聯合國的祕書長哈馬紹、彭區，德國總理布蘭德，日本首相佐藤榮作，美國國務卿馬歇爾都得過獎；至於平民人士，遠赴非洲行醫的史懷哲，美國民權領袖馬丁路德金恩，蘇俄的沙卡洛夫，印度的德肋撒修女，這些人士功在世人，衆議僉同，無話可說；惟有一九七三年，頒給爲越戰在巴黎舉行和談的季辛吉與黎德壽，卻引起了不平，甚至輿論大譁。

一般來說，諾貝爾獎的頒發有很多次都被人認爲是北歐人在判斷上的偏見與政治眼光。八十七年以來，連許多鼎鼎大名的科學家與文學家，都在提名後落選，以今天的眼光來說，這種偏頗對歷史從何交代起?

以美國的愛迪生(Thomas Alva Edison)來說，是舉世聞名的科學家，他所發明的電燈、攝影、印字電報與有聲電影，只此四項，即足以不朽；何況他得到的專利多達一千種，光憑他的「愛迪生效應」(Edison Effect)便應當頒給物理獎；然而，他竟落了選。

其次，俄國發明了「元素週期律」的門得列夫(Dmitri Mendeleev)；美國消除了小兒痲痺症的沙賓(Albert Sabin)與沙克(Jonas Salk)；被譽爲「氫彈之父」的愛德華泰勒(Edward Teller)，是理論物理上的先驅，都沒有提名諾貝爾獎。

而在文學獎上，第一屆中受到提名的俄國托爾斯泰與法國的左拉(Zola)，雙雙落選。當時的十八位文學評審員中，有位魏森博士(Dr. Carl David of Wirsen)，此公是詩人與批評家，對小說並不是行家，他卻在評審會中大事譴責托爾斯泰「關起門來鼓吹無政府主義，把持古怪的宗教信仰，也說過金錢的獎賞對藝術家有害的話」，使得大多數反俄的評審員都同意他的意見，而把獎頒給法國詩人徐利普魯東(Rene F.A. Sully-Prudomme)。而左拉更以「太大膽」——諾貝爾不喜歡他的小說也落了選。

可是到了第二屆，托爾斯泰又告落選，便不能不使後人懷疑這項文學獎的公正公平了。如果我們沒有了這位人道主義大作家的作品，世界文壇今天會多麼寂寞。

以後各屆雖經提名，而未膺選的名作家有契訶夫、馬克吐溫、亨利詹姆士、蒲魯斯特、詹姆士喬伊斯、德萊塞、辛克萊、費茲傑那、維吉妮亞吳爾芙……更不必提亞非作家了。

然而，世界上也有「富貴於我如浮雲」的人，眞依個人自由意志而棄諾貝爾獎如敝屣，那就是一九六四年得獎的沙特（Jeal-Paul Satre），他拒絕領獎章和爲數達五萬三千美元的獎金，他聲明說：

「我簽名沙特，與簽名諾貝爾獎得獎人沙特，並不是同一樣的事情。一個作家，務必要力拒使自己給改造成一個名人，哪怕是出諸一種最榮譽的方式。」

諾貝爾獎歷史上另外一個拒絕領獎的人，便是一九七三年獲得和平獎的北越黎德壽，拒絕的理由是「越南還沒有臻致眞正奠定的和平」。或許，他覺得自己是勝利的一方，不想與被打垮一方的代表，共享這筆獎金吧。當時，西德報紙諷刺說，下一年的和平獎可以頒給埃及的沙達特和以色列的梅爾夫人了；美國《紐約時報》稱這是「戰爭獎」；巴黎的《世界報》的標題便是「假面戲」；西貢政府發言人說：

「這等於提名一個婊子作家長會的榮譽主席。」

一般來說，知道內情的人對獎頒給黎德壽並不以爲奇，因爲北歐各國當時反對美國先年十二月轟炸北越，瑞典總理巴默（Olof Palme）便把這種轟炸，與「納粹在二次大戰中的大屠殺」相比擬，激怒了尼克森，甚至拒絕接見新派美國的瑞典大使。

從這些例子上看，能說諾貝爾獎公正公平，不會受到政治與偏見的影響嗎？

——七十七年十月十四日　中華日報副刊

杜立特與坑人二十二

一九九三年九月二十九日，臺灣有一家報紙載出杜立特將軍在二十七日去世的消息，不禁爲之一震。美國名人中，不肯以本名「詹姆士」名世，而樂於要人暱稱「吉米」爲名的有兩位，一位是第三十九任總統吉米卡特，另一位則是這位空中英雄吉米杜立特(Jimmy Doolittle)(注)，然而，時至今日，這麼一位轟轟烈烈的英雄撒手人寰，卻只有一家報紙發布消息，許許多多人，連同一些美國人在內，都不知道他是「何許人也」，(Jimmy who?)眞令人與歎：「美人自古如名將，不許人間見白頭」，去年，我譯完他的自傳《洪福難再》(*I Could Never Be So Luck Again*)，認爲他定能壽臻期頤，爲世界名將創立一項紀錄，不料還差兩年就此西歸了。

當代名人中，「文武全材」的人並不多，兼能「功勳蓋世」的更少，而終其一生還能

「福祿壽考」，那更是鳳毛麟角，世不多覯；而美國的杜立特上將，便是這麼一位健丈夫奇男子。

杜立特一生充滿了傳奇，他生於加州，長於北國阿拉斯加，酷愛體操、狩獵、運動，尤長於拳擊，作過職業拳手；到後來飛行入迷，贏各種飛行大賽獎如探囊取物。一九二二年，便以不到二十四小時，飛越北美大陸得第一名；十年以後，又以不到十二小時再占鰲頭；他的飛行特技動作也舉世無儔，一九二七年便成爲頭一個翻「外觔斗」的飛行員。不止此也，他還專心研究使用儀器作「全天候飛行」；一九二九年，他頭一位把駕駛艙罩住，完成全程的盲目飛行。

這許許多多創紀錄，世人一定以爲他只是個天不怕地不怕四肢發達的一勇之夫。其實，他更有文質彬彬的一面，既是一九二二年加大畢業的文學士，又進麻省理工學院，兩年獲頒理學碩士學位，再讀上一年，便得到博士學位，年方三十一歲。在其後一生中，還得了八個榮譽博士學位。

他沒趕上第一次世界大戰，便轉入後備役。一九三九年，他以年逾不惑之齡，歸隊參加美國陸軍航空隊，要爲國家一顯身手。

一九四一年冬，羅斯福爲了要力雪珍珠港海軍全殲的恥辱，以及鼓舞美國與盟邦的民心士氣，一力督促軍方要如何還擊日本。海軍有了點子，倡議用航空母艦載航程較遠的陸軍轟炸機，在太平洋上起飛轟炸日本。可是，由誰來執行這個「特案」？當時的美國陸軍參謀長馬歇爾，與陸軍航空隊司令安諾德，不約而同都想到了杜立特。因爲他活力充沛，經驗豐富，技術超人，而且頭腦縝密，驍勇非凡，這次轟炸的領隊非他莫屬。杜立特參加過許許多多次飛行競賽，不但技術好，而且對機械更是拿手，知道如何能使發動機發揮最大馬力，而燃油又十分節省，正是這次要作三千公里作戰長程飛行的理想人選。

一九四二年，是杜立特一生中最重要的一年，他率領十六架B-25「密契爾式」中轟炸機，四月十八日自「大黃蜂號」航空母艦上起飛，轟炸了日本的東京、橫濱、名古屋、神戶及新潟幾個地區，使當時「戰無不勝」的日本，初度嘗到戰火焚臨本土的恐怖。

在當天早上六點三十分，日本部署在東京東方七百三十浬的兩艘監視艇報告：

「發現米航艦三艘。」

日本的聯合艦隊立刻下令，九州方面航空兵力集中關東地區；從馬公北上的特遣艦隊補給燃料，直指敵方；潛艦部隊駛向敵艦；本土擔任防空的戰鬥機集結。這一切措施都基於這項判斷：美國航艦的艦載機，將在入夜時分進襲日本。

但是日方沒有料到，美軍特遣艦隊司令海爾賽將軍當機立斷，清晨發現日艇以後，立刻命令機群起飛，日方雖有準備，卻遭炸了一個措手不及。

聯合艦隊總司令山本五十六大將，爲了這次空襲使天皇受驚，沮喪不已，在「大和號」主力艦的官艙中，「足不出艙，拒絕會客」，決定提前興兵攻占中途島，以確保本土防空的安全，由於要急急進兵，轟炸珍珠港的原班人馬中，還有「瑞鶴」與「翔鶴」兩艘航母在珊瑚海海戰後返航途中，決定也不等待了，只以四艘航母發航，結果，「赤城」、「加賀」、「蒼龍」與「飛龍」四艘悉遭美機炸沈，菁英的飛行員損失尤其慘重，從此，日本軍力一蹶不振。邱吉爾說：

「中途島一役，扭轉了太平洋的潮頭。」

而探究起來，杜立特的空襲東京，使得日本軍方方策大亂，實爲主要原因。

杜立特的機群轟炸日本後，除開一架飛西伯利亞降落外，十五架都飛往預擬降落在浙江的麗水與衢州，由於天黑，與機場聯絡不上，四架迫降毀機，十一架都跳傘逃生。除兩架機員爲日本俘獲外，其他機員都由我國軍民救起，送往重慶重聚。

杜立特在這一年回到美國，由羅斯福總統召見，親頒最高的「國會榮譽勳章」；他也在這一年中連升四級，出征前升中校，轟炸東京後更跳過上校一階逕升准將，同年又升爲二星少將，開展了以後的懋績豐功。

美軍在北非登陸，杜立特擔任陸軍第十二航空軍司令，與主帥巴頓配合得得心應手。一九四二年，調義境的第十五航空軍司令，一九四四年，更調爲駐英的第八航空軍司令，指揮幾千架重轟炸機，晝夜對德國及歐陸進行戰略轟炸，一九四五年德國投降後，他率領部隊調到沖繩，還不及在亞洲戰場上一展身手，第二十航空軍投在廣島與長崎的兩枚原子彈，便使第二次世界大戰結束了。

美國的航空兵力，原來分隸海軍與陸軍，陸軍的兵力在一次大戰期中稱爲「陸軍航空兵」(U.S. Army Air Services)，後來改稱爲「陸軍航空隊」(U.S. Army Air Corps)，到了二次大戰末期，又改稱「陸軍航空軍」(Army Air Forces)。

由於隸屬陸軍，往往有步科出身的將帥，要求「航空軍」的重轟炸機群作「對地支援」。杜立特明明知道這是「大才小用」，也只有遵照命令執行。一九四四年諾曼第登陸後，德軍在聖羅 (St. Lo) 頑抗，盟軍便以千架轟炸機作面積轟炸進行突破，但由於風向逆轉，標示線的煙霧向己方飄，高空投彈的機群，誤炸了友軍部隊，還炸死一員少將師長，航空軍受到嚴重指責，官兵士氣大挫。所以杜立特在戰後，竭力鼓吹空軍獨立，經過三年的奔走演說與作證，才在一九四八年有了獨立的美國空軍 (U.S. Air Force)。

杜立特一生飛行一萬多小時，三十年中平均每一天要飛五十四分鐘，飛過的機種達兩百六十五種。然而，他最中意的飛機，和我國空軍「王老虎」——王叔銘上將相同，還是他轟炸東京所飛的B-25轟炸機。退伍以後還自購一架，改裝作爲專機往返美國各地；對他那批「東京轟炸隊員」也關愛有加，每年都在四月十八日聚會一次，只是在最近兩年，他已無法參加，而由愛子約翰代爲出席了。

他生於一八九六年（清光緒二十二年），對多彩多姿的一生不肯寫回憶錄，但禁不住家人、友人與袍澤的勸告，終於在一九九一年，出版了他的自傳《洪福難再》。初窺書名，以爲「行船走馬三分險」，一位以飛行爲志業的人，擔任過賽機飛行員與新機試飛員，天天在生死邊緣，跳傘、摔機是家常便飯，這本自傳旨在敍述自己一生歷經危險困阻，卻有化險爲夷的福氣吧。及至讀畢全書，才知道他認爲一輩子的齊天洪福，是娶到了一位好太太，愛他、支持他，嘗盡了一生聚少離多提心吊膽的日子，結褵七十年而了無怨語，不幸她先杜立特而去，他便以難再的洪福作書名，具見他們夫婦的鶼鰈情深。所以我譯他夫人Joe爲「嬌懿」，記述一位軍人賢內助的「懿德可欽」。

我譯過麥克阿瑟、巴頓與恩尼派爾三位美國名人的傳記全傳，而譯自傳，還以杜立特爲始，見到我所譯過的那三位名人，都在書中「交集」，不禁有如遇故人的欣喜。

迻譯這本四十多萬字的傳記，也解開了現代文學中的一個謎題。

一九六一年，美國小說家約瑟夫海勒（Joseph Heller），出版了一本《坑人二十二》（*Catch-22*，或譯《第二十二條軍規》，電影譯爲「二十二支隊」），立即洛陽紙貴，暢銷一時。他以大戰期中一個飛行大隊爲背景，敍述軍中編制規程諸多不合情理的荒謬，訴說個人反抗的無力與無奈。Catch 就是遭「逮著了」（to capture in a net or snarl or after a chase），人在這裏面進退兩難，無法可逃（a dilemma from which the victim has no escape），至於「二十二」，並不是眞正有這個數字的一條規定。海勒起先把書名訂爲 *Catch-18*，正要出版時，另一位名小說家尤瑞斯（Leon Uris），也在一九六一年出版了一本華沙猶太人抗暴，慘遭納粹屠殺的長篇小說，書名便是 *Mila 18*。海勒便和編輯決定，把 *Catch-18* 改爲 *Catch-22*，這種臨時更改反而幸運，因爲22在韻律與象徵上，更爲捕捉了軍令與海勒書中荒謬世界的雙重性。現在，*Catch-22* 已經家喻戶曉，堂堂皇皇進入詞典，成爲英語的一個名詞了。

海勒在書中所敍述的，有些人與事頗爲誇張，小說嘛。但也有他親身的經歷，他本是一個轟炸機大隊的轟炸員，部隊長便是第十五航空軍司令杜立特將軍（海勒在書中將番號改成爲第二十七航空軍）。書中訴說了軍中許多不合理的規定。

起先軍司令部規定，空勤人員只要出完四十次飛行任務，便可以調回國內，但是大隊長卻將這一數字提高到五十次，乃至五十五次。使得書中的主角，飛了四十八次任務的這位轟炸員大爲沮喪。

「『坑人二十二』規定，你一定要遵從頂頭上司所說的去做。」

「可是第二十七航空軍司令部規定，我飛了四十次任務就可以回國啊。」

「但是他們並沒規定你非回國不可吧，坑人就在這裏，你必須服從命令。大隊長不服從軍司令部的命令要你多飛，你就得飛。倘若你不服從大隊長的命令，就是犯了軍法，那時，軍司令部就要如假包換整死你了。」

局外人看來，這簡直是荒謬，然而事實確是如此。海勒這部小說名氣太大，讀者對當時的其人其事不無微辭，杜立特也從不辯答。直到他在這部傳記中，才說明了何以將空勤人員返國所需的飛行任務次數逐漸提高：原因便在於兵力多寡與傷亡率，第十五航空軍在義境作戰，初期飛機不多，兵力較少，一百架飛機折損了十架，損失率一成，士氣很受影響，規定出任務的次數便少一些，及至後來有了一千架飛機，折損十架便只有百分之一的傷亡率，相差十倍，所以便將出任務的次數漸漸提高了。這種說明深合情理，三十年的文學謎題，總算在這員名將的傳記中有了交代了。

我們對杜立特感到親切的另一個原因，因爲他是二次大戰中，首度轟炸東京的盟友；一九九二年四月十八日，正是他轟炸東京整整五十週年，我在《臺灣日報》副刊上，連續兩天詳細譯載了他轟炸東京前後的經過，篇名便是〈我轟炸東京〉。那次作戰，十五架飛機都墜毀在浙江與江西境內，大多數隊員都經我國軍民救起送往重慶，蔣委員長特頒杜立特中校一座三等雲麾勳章，以嘉獎他的戰功。

然而，我們也不能忘記，日軍為了報復杜立特突襲東京，立刻從民國三十一年五月下旬起，發動「世」號作戰，大舉與兵進攻浙贛，澤田茂的第十三軍六個師團自杭州附近，阿南維幾的第十一軍兩個師團自南昌附近，分別向南發動攻擊，遠達江西東部，進行「浙江省敵空軍基地擊滅作戰」，摧毀了我國原擬接應杜立特的衢州、玉山、麗水三地機場。那一次猛烈龐大的攻勢，直到九月才結束，四個月的進兵中，日軍對浙贛同胞大肆屠殺，我國軍民一共犧牲了二十五萬人！

——八十二年十一月二日　臺灣日報副刊

注：近人或譯杜立德，但五十年前他的譯名卽為杜立特，似不宜更動；何況讀音應為「特」（t）而非「德」（d）。

傾國傾城色象徵

嫺淑自有它的報酬，可是票房卻賣不出去。

——梅蕙絲（Mae West）

我很高興你們喜歡我演的俄國女皇凱瑟琳，我也喜歡她，她統治三千萬俄國人，有三千面首呢，在這兩小時中，我可盡了最大努力。

——前人

最近，蘇俄擔任了三十年外交大員，歷任史、赫、布、戈的四朝元老葛羅米柯，發表了他的回憶錄。您絕對沒想到，這隻老狐狸依然念念不忘死了四分之一個世紀多的美國女明星瑪麗蓮夢露！他糟老頭兒一個，對當年美人垂顧寒暄的一段，居然還記得清清楚楚。

話可又得說回來了，全世界五十歲以上的男人，您問他甚麼是「門羅主義」（Monroe Doctrine），八成兒都會回答：

「無知影。」

但要是提到瑪麗蓮夢露（Marilyn Monroe），保證一個個眼睛發亮，人人嚥嚥口水，會爭先恐後的說：

「知道！知道！」

「想不想？」

「想！想！想！」

這位女拿破崙腴若有餘，柔若無骨，容眸流盼，肌體豐豔，成了一九五〇年代所向披靡的色象徵（sex symbol），她所征服的男人，有閥閱世家，貴如甘迺迪兄弟；也有富可敵國，財多如何華休士；文學如亞瑟米勒；球技如狄馬喬；演藝如法蘭克辛那屈……一個個都棄甲曳兵，在她的石榴裙底稱臣。

只是專門搞反間的聯邦調查局局長胡佛，怎麼計不及此，居然不知道這個天生尤物是美國的瓌寶，竟連死硬如葛羅米柯都垂涎欲滴；爲甚麼當年不在紐約製造製造機會，讓這頭老色態也成爲入幕之賓，擺平之餘，「男人躺在床上，甚麼話都說得出來」，他飽餐飽餐了秀色，沒準兒蘇俄的外交政策都能改弦易轍，起碼也會讓冷戰提前解凍個一二十年，說不定就沒有了越戰。錯過這個機會，眞叫人跺腳，美國老哥兒們啊，怎麼不學學我們中國人的昭君和番？那是太古早的歷史嗎？最近也有班禪娶妻啊。

美人代代都有，但惟有在電影發明之後，豔星才風魔了舉世的億萬大衆，在瑪麗蓮夢露以前，有金髮的性感明星梅蕙絲，後來則有法國的影星碧姬芭杜和瑪丹娜，她們不止是銀幕情人，私生活也是善緣廣結，大開方便之門。梅蕙絲便有名言：

「一男在室，足値兩男在街。」

有一次等候「接見」的男人多達十個，這位大美人明星便說啦：

「今兒個我累了，要他們回去一個吧。」

碧姬也大參歡喜禪，過招的男人可以四位數字計。可是到了如今，除開飛行員胸前吹氣會鼓的救生衣還叫「梅蕙絲」以外，又有誰還記得她們？那裏有瑪麗蓮夢露這種風光，全世界年年月月有女人扮她，時時刻刻有男人想她；今年，更走紅，連一向望之儼然的這個俄國老毛子都原形畢露，口吐眞情啦。

——七十七年三月十三日　中時晚報

筆底煙雲 尺幅千里

——畫室中的歐豪年先生

「我喜歡用濃墨開筆。」歐豪年先生說。

在畫室八管日光燈的光度下，鋪著暗色襯布的長長畫桌上，兩塊長玉的畫鎮，壓住一方素色宣紙。他已脫下西服上身，但沒有捲起襯衫袖口，只把項下的絲織領帶垂端納進了襯衫內，不讓它們擺動，右手大拇指與食指分開，在展開的素宣空白境域上，迅速比劃移動一下，就像攝影家用手指作框，決定風景的構圖般，便決定了畫面山巒的布局。

然後，他在畫桌盡端的筆堆中，挑出一枝排筆，蘸得墨濃，就在這張六十公分高，一百公分寬的紙面上一筆「寫」下去，甫一著紙，墨透紙背，指尖一抖，筆鋒成了渴筆，濃墨撕開的線條，皴擦出極爲蒼勁的近峰輪廓。

他對這一筆下得很滿意，端詳了一下，換上一枝巨毫，把水調稀墨汁，再蘸滿了在畫幅上揮灑行空，遠山便漸漸湧現了。

他談興很濃，手不停揮，卻不妨礙他的談話。他說：

「一個人獨自作畫，雖得寧靜之致，但我卻喜歡和朋友一面談一面畫，興致就更蓬勃了。尤其有一次與學生談話揮筆，畫出了我最得意的一幅畫。」

聽說他最近就要到歐洲舉行畫展了，歐豪年先生證實了這個消息，他要把八十幅畫分成兩地展覽，在四月二十九日起程，新聞局特地爲他的畫展册頁，譯成了六國文字，預料這是歐洲文藝界春季盛會之一了。只是，由於文化的源流，西方無緣欣賞他那筆遒勁高超，氣勢渾淪的書法。過去在韓日兩國展出時造成轟動，所有作品都被當地愛好書法的人士求去。日本還舉行過「良寬歐豪年全面展」，把歐豪年與日本的書聖相提並論，就可以想見他在日本人心目中的地位了。然而，歐豪年先生心目中的「聖」，卻是開創嶺南畫派他的太老師高奇峰先生，長眠在南京棲霞山，墓碑上便是當時國民政府主席林森親題的「中國畫聖」。

畫面上層層染去，已經呈現雲氣積墨，留白處正是山水交連的遠方，岡巒森立，峭落千尋，但卻沒有株株樹叢，這片山水似曾在甚麼地方見過。啊！對了，美國的大峽谷！這項發現使我很樂。記得前年從拉斯維加斯乘坐飛機遊覽大峽谷的山川，飛過胡佛水壩便見一條從平地鑿落千里的陡峭山溝，深不可測，暗紅赭赤的巨岩石壁下，是一條湯湯蕩蕩的科羅拉多河濁流，氣象的確雄偉。在大峽谷博物館中看油畫，雖然呈現了各種光度與角度下的大峽谷畫面，險巇萬狀，但總覺得有一種迫力感。心中想到，這種山水只宜於由國畫來表現，極目蒼茫中墨彩淹潤，國畫家不在寫生，而以天成的氣韻與造化合，面對這種畫面，尺幅而能收千里勝境，那才是畫的眞正意境。而今，我卻親眼看到了。

歐豪年先生作畫持筆，就像實際書法的中鋒，乾溼渲染中，皴染的筆刷沙沙掠過紙面，從他充足的眼神中，漾出一絲閃光，彷彿爲畫面定局已妥而顯得很高興，能把萬里外的這處世界偉觀，在胸中重現丘壑，筆底重建造化，具見他承傳而開拓了嶺南派在國畫中的創新精神，而於境界及形象之塑造自成一家，並非偶然。看來雖只寥寥幾筆，卻是幾十年功力所繫；幾萬里遨遊所得，歐先生也說：

「苦心體會了前人的心血，經過提鍊，自我提升、突破，才成爲自己的筆墨。」

大陸畫家范曾先生，對嶺南「畫運最隆，彬彬輩出」，自高劍父、高奇峰、陳樹人、趙少昴到歐豪年，代有奇才，各領風騷，深懷敬意。認爲：

「凡有嶺南畫派的地方，中國藝術就和生活接近，帶進了清新的現實生活的空氣，這對中國畫，無疑是打開了通向世界的窗戶。」

歐先生畫室中，有一幅水牛頭的畫作，鄉土氣息極其傳神；又加上他揮筆繪美國大峽谷的壯險勝景，與現實生活凝爲一體，證明了范曾的見地正確。

歐先生則認爲：他不願人家說他跳進嶺南畫派，或者跳出嶺南畫派。所謂畫派，這只是爲了研究方便才起的，並不是創派畫家所自封，正如江西詩派、桐城文派一樣，只是標示一種新的風格和地域性。藝術家不要王國，也不願做王：

「但我們需要光芒，每一個畫家都是一點，有一分能，就發一分光，在二十世紀的畫壇上來相互切磋，相互砥礪。」

歐先生對范曾所說：

「打開了通向世界的窗戶。」

不但深以爲然，而且身體力行，這次赴歐洲展出，便是中國對西方的反饋。這一點，他在一九八八年十月的《良友》雜誌上，提出了積極的看法。

「我們做爲東方文化大國，醫學還要靠外面來承認，眞是非常大的諷刺……我以爲二十世紀是交流的世紀，二十一世紀是亞洲文化支配世界的世紀，這個支配，不是文化侵略而是反饋，正如西方文化到了中國，給我們作參考，豐富了我們的文化一樣。」

「中國文化從來不怕『侵入』的，古代有不止一次的文化交流，但二十世紀的交流是最強烈、最具體的一次交流，也是東方文化回報西方文化的時候，『來而不往非禮也』，這是我們非常自然的作爲。人家影響我們，我們也影響人家，這才符合民族間相互取捨的道理。」

當代畫家的相貌，有些清癯如勁竹，有些古拙如蒼柏；而歐豪年先生的飽滿天庭，挺直鼻樑，相貌的英俊中卻飽含書卷的靈氣，稱得上是當代的偉丈夫與美男子之一了。古往今來，畫山水的畫家，由於靜心凝神，頤養體氣，筆下的煙雲自爲供養，所以都能得享高年，宋代米友仁在八十歲時，「神明如少壯」，以後的沈石田、文徵仲、董思白、王煙客、查梅壑、王石谷、羅飯牛、杜旭初……到近代的張大千，都壽登耄耋，以歐先生的體貌精神，還有相書上許爲壽徵的右頰壽毫，定還會有長達半世紀的藝術生涯，他到壽臻期頤時，畫藝的精進與功力，必定會超逾太老師「畫聖」高奇峰先生，爲國畫開創出一個燦爛輝煌的新時代，這是我們可以預料得到的事。

漸漸，他筆下的圖畫浮現萬里異域外的一片奇景，三個小時的濡墨渲染，一筆筆浸潤出峽谷的蓊鬱氤氳，另一端的雲水蒼茫中，嵯峨錯落，危岩頑澀，國畫本有「重岩切忌頭齊」的警語，而大峽谷卻一反天地造化，完全是平頂懸岩，一落千丈，畫面的崢嶸層疊中，雲壁萬仞下，卻自有一股秀媚之氣。而左下角襯出兩名頭戴西部牛仔寬邊帽騎騾探幽的觀光客，在懸岩下悠然而行，更把整個畫面點活了，注目凝睇，心神都移情畫內，雖然景不盈尺，卻彷彿置身其間，游目無窮，身心俱悅，正如古人所說「從岳陽樓觀，聽仙人吹笛，一時凡境頓盡」了。

問到歐先生最景仰的前輩，他則肯定地說了兩位，一是張曉峰先生；一是葉公超博士。他對這兩位賞識知遇的前輩，至今不忘。張先生的氣度與葉先生的才情，俱皆令他敬仰折服；且念念不忘當年他自海外歸國，在藝壇甫露頭角時，所受知於兩公的忘年交況。公超先生曾爲他用英文撰寫了〈畫論〉。謹以中文節錄一段於後：

「近年畫展的時人之中，歐豪年是少數擁有新的承傳，且能自成面目的畫家之一。其淵源所承的嶺南畫派，早在十年前，高奇峰已經建立盛譽於廣州。歐氏今日之作，則更突破前人，別出蹊徑，戛戛乎獨造。」

曉公更早在他尚未回國時，即馳函結忘年交，自稱「未得識荆」；他將厚厚一疊曉公遺墨藏信給客人審視時，笑著說：

「曉峰先生與士子相處，眞是古賢大哲風度，應該由我這個後生小輩來拜謁他這位韓荆州才是啊！」

歐先生才高筆健，書畫雙絕，盡人皆知，但他國學造詣極爲深厚，而又雄於詩文，可惜爲畫名所掩。他主張積極爲樂，是一位「積健爲雄」的典型，但在處事進退，卻是一位與世無爭的人，且曾一再懇辭出任政府首長公職，可見一斑。

我最喜愛他書贈我一首丁卯歲朔自況的詩：

株守亦何失，硯田自飽溫，不干營逐念，辛苦作爭墩。

固然是我的寫照，也正可窺見他的淡泊心志。更從他年前遊訪日本佑渡島在一處名爲「達者海岸」的地方，即興贈友的詩：

達者能知命，浮名誤我身；君看滄海際，誰是覺岸人。

看來，也許豪年先生竟然也是一位超然物外的覺者吧？

——七十八年八月十日　中國詩書畫

兩個「新到」

七十年元月二十四日到三十一日，香港名攝影家水禾田（潘烱榮）先生，把他在大陸所攝得的一部分彩色照片，在臺北市國父紀念館第四廳舉行初展。他以悲天憫人的胸懷，經由藝術家的慧眼透視大陸眞相，這種活生生的第一手紀實，呈現在國人眼前，不著片語，卻使人感受到震撼！震撼！震撼！

造成震撼感的原因之一，便是時間的密切接近，大陸河山與民生實況的影集圖片。我們見過不少，但總有了一段時間的距離，加上空間的分隔，衝擊力自然而然就少了許多。然而水禾田的照片，全部是一九八〇年的新作。在過慣了「春節以後另一年」的我們，這一年猶未過去，故國山川景物與同胞形態卻湧來眼前，看到那些熟悉的面孔與山川、胡同、街道的景象，一下子把我們帶回到三十年以前，就像火辣辣的鞭子抽過一般，心頭是一陣陣的熱，一陣陣的緊，一陣陣的痛。

他取材普遍、廣泛，也是造成震撼的原因，在初展展出的九十一幀照片裏，出人意料以外，竟以雲南爲最多（三十六幀），雲南又以「西雙版納」這個擺夷族自治區爲最多（二十八幀）；其次便是上海二十一幀、北平十九幀、黃山八幀、萬里長城四幀、杭州一幀，其他兩幀，可說華北、華東、西南、東南都在他鏡頭涵蓋以內，採樣齊全，判斷的正確性就更高，說服力也就更大。他深入西南邊陲，獨備觀察少數民族的胸懷，這種空前的長鏡頭，是一般在大陸上走馬看花的觀光客決計無法臻致的成就。

當然，使人震撼的最重要原因，便是他攝取主題貴眞實，而不論取景與用鏡，都有一種藝術上的美。他不做拍攝紀錄片的新聞記者，也不是「到此一遊」的遊客；他心有所思、有所感，經營意境向不著斧痕，妙趣似屬天然，俗子卻摹擬不到，以他所攝的「臺灣」影集來說，最使我喜歡的一張，便是在霧社拍攝的「田園」，中景是一片緊實密湊的低矮農舍，前景是密密相連灌水待耕的稻田，背景是鬱鬱蒼蒼樹木深沈的崗巒，圖片上不見一個人，只有三股裊裊燒起的稻草堆白煙，滾滾翻翻，添上了畫面的動感，象徵大地在孕育豐饒的稻實前接受稻根餘燼的反哺：整張的照片沒有一線天空，這一片土地景色，使人有說不出的安穩落實感。

水禾田拍攝的大陸景色，「黃山天下奇」在他的鏡頭下，果然名不虛傳。那幀「妙筆生花」，千尋峭壁撲壓下，萬松森森環伺中，獨石破空雄起，立地頂天，旁若無人，峰頂孤松蚪蟠，嘯傲自如。這種美景眞使人屏息，只有現代第一流藝術家才能使我們有溶入畫境的享受呵。

除了黃山的幾幀「純山水」外，水禾田的主題還是要捕獲生活，像北平頤和園，只有萬壽山巍然矗立，風光依舊，而近景的昆明湖上，卻是一排陳舊的遊艇；此外，黃浦江上的帆船，龍華鎮路七十一號的門窗；昆明街道房屋上剝落的赭土泥壁，北平胡同中低矮的院牆，西雙版納自治區竹棚裏的理髮處，張家口遠望的萬里長城……共同的色彩與形象便是「斑駁破落」。他畫面中最使人覺得悽然的便是孩童，不論是北平市內坐在自行車上一身草綠軍服的小孩，或者在西雙版納一片蒼蒼落葉中，茫然啃著野果的赤腳孩子；或者教室中一無光線，在翻閱課本衣著破爛的小學生……都道出了一種無依的感覺。

水禾田所攝到的大陸動物中，只有萬里長城上那頭供遊客乘騎，「走資產路線」的駱駝最是神氣，高高聳起的雙峰中，佩上花鞍腳鐙，毛聳聳昂然望著遊客；而上海一戶矮瓦房，黑汚汚的木門和磚牆，門外擱著一個油漆剝落了的紅漆三腳洗衣盆，門檻裏蜷伏著一隻不勝春寒的小花貓，畫面十分淒涼。攝影家的鏡頭只在紀錄，而不刻畫，像有一幀照片，上面全部是大幅紅布，金晃晃的大字標語「……堅持毛澤東思想……」，紅布下面卻是麻麻密密暗暗森森的一排自行車。

北平和上海，過去是文化與經濟的重鎮，今天想必仍然如是，水禾田有兩幀「新到」的照片，便道出了這兩個都市目前經濟與出版情況的「水平」。

上海市一家商店，二樓有斗大的標語「發展經濟」，破落的門窗外貼著廣告：

新到：

日本三洋電動刮鬍刀　十四元
上海八磅大口冷藏冰瓶　十・九元
天津雙喜衣箱　四十五元
天津車廠烤漆代兒童車　二三・四元
飛鷹蚊香浙江產　四六元

北京市一家書店，日光燈下有很多人在翻書看書，店外張貼了廣告：

新到：

詩詞曲語辭匯釋（上下）	二・二五元
小說詞語匯釋	四・六五元
分類合編	一・九元
白居易集	六・三元
楚辭集註	一元
古漢語常用字	一・五元
紅樓夢學刊	一・〇八元
古代漢語	五・六元
杜甫詩選註	〇・九六元
元曲選（十二冊）	六・四〇元
詩品註	〇・五一元
約翰・克里斯朵夫	四・三〇元
貝科夫小說選	一・〇五元
詞論	一・五〇元

古代詩聯選　一・一〇元
中國古典詩歌　〇・八〇元
箋註杜詩（上下）　三・九〇元

見微知著，從這些貨品與這些書的「新到」招貼上，可以了解大陸同胞當前物質與精神生活的情況。我是個翻譯人，光憑「新到」《約翰・克里斯朵夫》和《貝科夫小說選》兩本書，就知道大陸的文學翻譯還欠缺新譯品；而且從譯名與姓中間還加上一「點」的老套來看，依然囿於三十年代的「和化」框框，翻譯觀念上並沒有甚麼長進，更談不到突破。

水禾田的攝影，初展雖然在元月三十一日結束，向隅的人也不必失望，二月五日春節那天起，會在「春之藝廊」再度以更多的作品展出半個月，而且還和木刻家朱銘的近作同時聯展，他們都是藝術界的新生代，所走的藝術道路雖然各擅勝場，而藝格拙實天然的中國風味卻相近似，珠聯璧合，將是今年開春藝壇的頭一次盛事。

而且，水禾田今年會有更勝於近作展出的壯舉，五月分，他要率領一個絲路考察團，從西安出發，經蘭州、武威、敦煌、吐魯番、喀什、撒母爾罕、馬魯、德黑蘭、巴格達、大馬士革、貝魯特，而至羅馬與威尼斯，為期八月，長達三萬餘公里，重新探索我國古代通西域與大秦的陸路，實可謂「壯哉此行！」

我們希望水禾田先生的絲路考察一帆風順，會有更多更好攝影作品，三萬里西行後歸來，明年到臺北來作一次更盛大的展出，我們虔誠祝福他成功！

——七十年二月十七日　自由日報副刊

文以會友

在人生的道路上，純以文字而奠交結友，實在是一大快事。

我久仰劉厚醇兄，已從近三十年前開始了。民國四十八年九月一日，《中國語文月刊》上發表了他一篇大作〈翻譯與撞死雷神〉，當時我剛剛進入翻譯工作這道窄門幾年，獨學而無友，對諸家的翻譯理論，正是「尋墜緒之茫茫，獨旁搜而遠紹」之際，他在文中責「硬將音譯來冒充翻譯」，空谷足音，深得我心。

到了六十一年元月三、四兩日，他再發表了〈意譯音譯合一的傳思類型〉在《中副》上，對音譯又有一番見地。認爲在「撞死雷神」「translation」這個工作中，音譯得妙肖原文，可稱「傳思類型」，譯得荒腔走板的則是「撞死雷神」。同一個字兒的音譯，只因用字而呈褒貶，具見在翻譯中，用字不可不愼，他立論奇而發人深省，所以，前年我曾連續爲文六篇，反對將

AIDS譯爲「愛滋」，即使採取音譯，也只贊成譯爲「曖滋」，便本於厚醇兄在十五年前所倡導的春秋筆法。

民國六十三年，他以一系列討論中英文字的篇章，榮獲「中國語文獎章」；「中國語文出版社」也出版了他的《中英語文的比較》一書，這是從事翻譯工作不可不備的一本好書。我在捧誦之餘，得益多多，在評論當時四本有關翻譯理論的書籍中，獨讚他這本書「淵博」。

的確，厚醇兄學養豐厚，汪洋浩瀚，莫知其所止。他本身專治經濟，自一九六七年起，便在紐約大學執教，二十年來，桃李遍天下。除開他的本行大著《國際經濟與區際經濟》等外，下筆極勤，出書很多，中英典籍幾於無所不通，一枝如椽巨筆，縱橫於中英文化中，了無窒礙；通識通人，爲當代所罕見。

可是，直到六十九年五月八日，我方始敢在《中副》上，與厚醇兄討論「義譯與音譯」的問題。足見我在翻譯的識見上，落後了他二十一年之遠。卻蒙他不棄，折節下交，魚雁不斷，眞成了以文會友了。我曾濫竽一本刊物四年的主編，他也不時惠賜佳構作支援，要發的稿費便存在我處買書。外匯未開放前，我每年訂閱《紐約時報書評》，都請他在紐約墊付美金，而把新臺幣一併納入他的「戶頭」。他最喜歡買的書，則是唐宋以降的諸家筆記，而他的散文，文字雋永而主題嚴整，在風格與性質上，則可稱是融匯中西的現代筆記了。

我從事翻譯工作，也需要這種豐富普遍的見聞知識，就教於他，常有意想不到的收穫。最近讀史，讀到荷蘭人初來臺灣，以一塊牛皮爲餌，騙了本地土人大片土地；與西班牙人到呂宋島，騙菲律賓人土地的手法如出一轍。想起似曾在甚麼書中見過，荷蘭人在十六世紀到紐約，似乎也是用一塊牛皮，向印第安人買了曼哈坦的地皮，心有疑團，便去信問厚醇兄，他很快就有了回信。爲了查證，他竟列出了林林總總一十六種有關荷蘭人初到曼哈坦的資料，引注詳盡。這種爲了朋友一問而上天入地在資料堆中去求眞求實的熱情，令我既謝且佩。信末，他調侃我：

「看來老兄這個『牛皮』吹不成了。」

更使我忍俊不禁。

去年，他在《中副》及《海外副刊》撰〈挪亞方舟〉，提到挪亞造船的材料，經文中爲「歌斐木」(gopher wood)。我去信說，據我判斷，這種船材可能用的是黎巴嫩國旗圖案上的「香杉」(cedar)。因爲這種樹質輕且堅，是造船的上材。西元前兩千年，腓尼基人便以中東這種獨特的樹木造船，所以他們的航海術、貿易經商、移民與發明的錢幣、字母，才能領先天下爲第一。這種不足爲外人道的一得之愚，居然蒙厚醇兄來函讚爲「有卓見」。能得博學如他一聲稱許，沒有比這更窩心的事了。

我曾譯《鐵達尼號沈沒記》，對那條船的種種切切，都有濃厚的興趣。他知道以後，每逢有關那條船的消息，必定剪報寄來。去年三月，他更購得十六開本的《鐵達尼號的勝利與悲劇》一巨册航空寄到，這番關切的厚意，使我研究那條船的資料，十分完備充實。而我們這段久而愈醇的友情，都是以文締交而來，在世情澆薄的今天，更見彌足珍貴了。

厚醇兄的叔祖，便是《老殘遊記》的作者鐵雲——劉鶚先生，劉氏世系爲「文成遠大，厚德寬宏」，曾祖成忠，爲清代進士，曾任兵備道，生孟熊（卽厚醇兄祖父）及孟鵬（卽劉鶚）；家學淵源，厚醇兄與「洪都百鍊生」（劉鶚的筆名）相似的地方不少。第一便是淵雅博洽，涉歷的書籍很多；其次便是「天資絕頂聰明，藏書豐富，知識見解遠勝儕輩」（厚醇兄尊翁大鈞「談先叔鐵雲先生」語）；其三便是熱心助人，胸羅故記，朋友請益則如梃撞鐘，小叩小鳴，大叩大鳴；其四便是心懷天下，劉鶚除了《老殘遊記》以外，胡適先生認爲他一生有四件大事：

「一是河工；二是甲骨文字的承認；三是請開山西的鑛；四是賤買太倉的米來賑濟北京難民……是一個很有見識的學者。」

厚醇兄在抗戰期間，大學畢業便由政府徵調，投筆從戎，後來官拜少校，參加了那個大時代的戰爭。抗戰末期，由軍方派赴美國。他在就業與執教中，依然關心國事，幾十年如一日，從他的文字中便可看得出來。文末必署中華民國紀元，人雖處江湖之遠，依然奉正朔而不忘本。

關於《老殘遊記》，一般都到二十回「願天下有情人，都成了眷屬；是前生注定事，莫錯過姻緣」爲止，但坊間卻有許多版本，在二十回之後另有「二編」。厚醇兄把二編比照前二十回加以反復研讀，分析詳細，考據謹嚴，從用詞、取名、寫景，尤其在人生觀方面，斷定而作成了結論，認爲「不是先叔祖的手筆」。這種方法，更是鐵雲先生研究甲骨的「家學淵源」了。

與益友交，如飲醇醪，使人自醉。厚醇兄的博學與深知，都寫在歷年的文字裏，最近彙輯成書，題名《中西獺祭集》，篇篇都有出處，句句引人入勝，先睹的人心醉神迷之餘，不能不先報導作者其事其人，書中的一片豐富知識天地，則請讀者親自去品味領略了。

中國浩劫一百年

——垂淚讀《紅塵》

一

早在民國六十五年，我就知道墨人兄繼中華書局出版了《墨人自選集》以後，並不認爲那厚厚的五大册——包括了四個長篇小說〈白雪青山〉、〈鳳凰谷〉、〈靈姑〉與〈江水悠悠〉在內，是他的封劍歸山之作；反而以爲是他寫作生命中一個嶄新時代的再出發，極力要寫一部能敍述中國近百年苦難的寫實小說。

只是在那段期間，他還擔任早九晚五的公務員生涯，終日案牘勞形，但卻不妨礙他對這個大長篇布局的構思，眞個像如雞孵卵，如爐煉丹，全書終於漸漸在他心中成形，一到七十三年端午節那天，他試筆開工，蓄積已久的靈感，便勢驚風雷，如河之潰般一瀉千里而不可遏抑了。

他極其滿意這個開端，也和索忍尼辛般負有一種沈重的使命感，要來「與時間競賽」，七十四年便「攜取舊書歸舊隱」飄然引退，埋頭在他那北投半山的書齋中，終於完成了這部一千五百九十八頁，長達一百二十萬字的《紅塵》。

我忝爲最早的讀者之一，從手稿到《新生報》連載，直到出書，我都仔細拜讀過。最初他定的書名爲「變色龍」，暗示書中「龍府」——也代表了中國這條巨龍，在近代史上所發生的變化。當時我從翻譯的觀點，覺得這一部偉大的史詩，遲早會譯成外文，傳諸世界。然而，龍在中國象徵尊榮、高貴與吉祥，中國人都以「龍的傳人」爲傲爲榮；只是西方文化卻截然不同，家喻戶曉，都以龍爲「罪惡的象徵」（symbol of sin）。《聖經．啓示錄》十二章第九節，更肯定宣稱：

「大龍就是那古蛇，名叫魔鬼，又叫撒旦。」

而西方奉爲英雄的屠龍聖喬治，他的旗幟已成了英國國旗。爲了避免日後的誤解，我建議書名似宜斟酌。

墨人兄從善如流，後來便取書中一〇八九頁的「紅塵滾滾，浩劫連連」的兩句警語，取書名爲《紅塵》(*The Mundane World*),道盡了從一九〇〇年「庚子之亂」,到一九五〇年代以後,海峽兩岸刁斗森嚴的對壘以迄於今,訴盡了這近百年中中國所受的無邊苦難,歷盡了一次又一次的殘酷浩劫。

二

《紅塵》是一部氣勢磅礴雄渾的長篇小說,以龍府五代人的經歷爲故事的主體,而以史實作背景,上溯庚子義和團之亂,一直到一家人骨肉飄零,在抗戰後分散到海峽兩岸爲止。

在我國的近代寫實小說中,長篇小說首推《紅樓夢》,活生生留下了清朝康雍時代朱門巨邸寧榮兩府內的悲歡離合與兒女情長。《儒林外史》則描寫了乾嘉科舉時代的文人社會;後期的《孽海花》則敍述了同光維新時代的文人社會,這三部小說各有所述,也各有其長,但《紅塵》不但接續了掃瞄滿清末代以迄於今的整個中國社會,爲期最長,而且雄心也最大,作者要從這一百年中,探索中國文化變遷的原因,作出他的觀察所得。最最重要而與前三書截然不同的,他以道家的思想,對整個中國文化作了深刻的分析。

書中的主角龍天行,生長在「翰林第」,深受儒學的薰陶,卻練得有一身好武藝,然而他在期頤之壽那天,在臺北七星山飄然不知所往以前,留下一本百萬字的巨著《中國文化新論》，副題很有學院派的味兒「易經道德經的宇宙本體論、相對相生論，與文化整合功能」，把道家思想作了極其深入淺出的闡揚。

「中國道家追求的是與日月參光，與天地爲常，能出能入，活潑無比。」

《紅塵》一書中，對儒釋基督各種宗教，都作了評論，王仁儒是一個典型的科舉中人，卻並沒有得到儒家「守死善道」的眞傳，反而成了一個趨炎附勢，不得善終的小人。至於佛教，作者認爲「中國大乘佛教中人多重佛理，諱言六通，正如宋朝以後的讀書人研究《易經》，只重易理而排斥象數一樣。這都是捨本逐末，很難進入多元宇宙空間，不能發現，不能解惑，只能留在摸索、推測、自我認定、自由心證階段。」而「這就是中國科學停滯，慢慢落後，哲學思想僵化、民族活力衰退、內憂外患重重的原因。」（一一一頁）至如義和團之亂，他更指出，由於排他性高的基督教，當時縱容在中國傳教所收的教民（二毛子），欺壓官府與非教民，激發引起雙方的深仇大恨，才造成了八國聯軍——中國前所未有的一次大挫敗，迄今，北京圓明園內的殘垣斷柱，還在向中國人訴說那一次浩劫的原因——宗教。

三

別誤以爲《紅塵》是一部訴說大道理的高頭講章，其實，全書宛同一派清流，潺潺而下，上下一百年，縱橫幾萬里，絲毫沒有沈悶與滯膩的片段。論全書鋪陳的細膩，墨人或許沒有作這種經營，只因爲他所要敍述的範圍太廣大，時間也太久長，他一以質樸、自然的文筆出之，並不刻意創造字彙，營造氣氛，充分露出道家的自然觀。

在人物刻劃上，儘管出場人物衆多，但墨人文筆長於對話，占了全書六成的篇幅，運用起諺語來尤其得心應手，往往兩語三言，便把表達的內涵躍然紙上，讀者還知道說話的人是誰。這種藉對話而創造、表達人物個性的獨到功力，當代堪稱數一數二。書中的王仁儒與柳敬中，兩個人說的話，固然代表了兩種思想，即連龍府中人，龍從雲與龍從風也不相同，下一代的天放與天行更不一樣。

書中主角龍天行一生的四個女人，「佳人已屬沙吒利」的文珍，添香伴讀的香君，與他在日本結褵的川端美子，回國後奉命成親的周素貞，她們所說的句句話，一使人愛，一使人憐，一使人喜，一使人厭，描繪得栩栩如生。甚至連龍老太太身邊的幾個使女，如梅影、秋月，說話都各自有別。

書中的蝶仙，雖是龍府的使女，可是她的通書識禮與精幹練達，頗像《紅樓夢》中的「探春」，作者以她下嫁給馬革裹屍以身獻國的龍天放，在抗戰期中，龍府由高宅大院的翰林第崩潰爲「入土爲安」的竹籬山居時，她養雞種菜，撐起了龍府的家務，在萬難中扶養了龍府四五兩代的生存，使人欣然「且喜龍門有後」。是我所敬佩的書中女人之一。

龍天行的一個紅粉知己，是日本的川端美子，她受了儒教的薰陶，明知異國的愛情不會有圓滿的結果，然而她卻一往情深，無怨無悔地在山中湖定下嚙臂之盟，而痴痴等待了一生；他們所生的孩子——龍子，長大了卻應「皇軍」徵召來華作戰，參加了對父邦同胞兄弟的屠殺，眞令人掩卷太息，這眞是天地不仁，以稚子爲芻狗了。

《紅塵》旣屬寫實，歷史中的一些人物，便常在書中出現，其中一位十分可愛的「女強人」古美雲，以風塵女而力挽狂瀾，與聯軍統帥瓦德西稔識，而阻止了聯軍在北京城的進一步劫掠與屠殺。然而，她卻不是鼓兒詞中的賽金花，更不是《孽海花》中的傅彩雲。在墨人筆下，她有美麗的容顏，更有文化的素養，識大體、嫻人情，有一顆善良熱忱的心，還有一張能言善道的小嘴，對她，我們只能以「亂世俠女」稱她，懷有十分的敬意。

書中，墨人著力最多而著墨最少的人物，便是柳敬中了，他在書中飄然去來，不見首尾，竟疑是三過洞庭人不識的呂洞賓，我們只能讚一句：

「其猶龍乎！」

卜天鵬雖是倒了嗓的武生，在龍府擔任護家看院，教導龍家子弟工夫，但他行俠仗義的精神躍然紙上，痛打楊通的那一段，極其痛快淋漓，遠遠勝過《紅樓夢》中柳湘蓮毒打薛蟠，柳湘蓮爲的是個人不受辱而揮拳，而卜天鵬打的，卻是痛打仗洋人勢而欺凌同胞、欺親騙友的「二毛子」，這一段可浮三大白。到後來，北平「解放」，龍府子孫「掃地出門」，惟有「靠攏」的龍紹人（龍天行三子）洋洋得意，卜天鵬是「無產階級」，禁不住指著紹人的鼻子大罵：

「呸！呸！呸！誰是人民？誰在當家？誰在作主，是你還是我？我沒有看過龍家有你這種主子，你是一個連狗都不如的東西，我眞沒想到，龍家怎麼會出你這種不肖的子孫。」

卜天鵬不但罵，還「一個箭步躍上去，抓住他的衣領，左右開弓連打幾個耳光……用力一推，紹人便跌個四腳朝天」。

這一段，也比焦大醉罵鳳姐賈蓉痛快了當多了。

不像《孽海花》，先把書中人物，都列了眞實姓名對照的「人名索隱表」，放在書前作參考，《紅塵》中雖不避諱歷史人物出現，但並不刻意加以說明，例如賀鼎甲便是中國大力士霍元甲，安貧樂道的黃凍梅便是方東美，賀元則是李大釗，王蘭英便是川島芳子，阮雪冰卽袁寒雲……讀近代史的人，對書中這些人幾乎一眼便可點出。

「余震天」到重慶開會，以〈沁園春〉一闋詞，使得「黃凍梅」與龍天行「面面相覷」。墨人對這闋詞作了至高不移的批評：

「『您這首詞眞是氣吞河嶽，目無古人，』天行把詞交還他說。

『表叔，您認爲我太狂了是不是？』他接過自己的大作，似笑非笑地說。

『不狂，不狂，』天行淡然一笑：

『充其量也不過是英雄帝王，還不足以與日月參光，與天地爲常。』」

這幾句評語，恐怕天安門紀念堂水晶棺中的老毛聽到，會矍然一驚，「猛然坐起」了。

四

《紅塵》以人物的變遷爲經，而以廣大的場景爲緯，作者以全知的透視，掃瞄半球，東達日本，西上長江，景物與季節的描繪，使全書有了鮮明絢爛的襯托。

從北京中山公園賞菊，到廬山黃龍寺拜松，九江甘棠湖、長江三峽、日本蘆之湖、南京紫金山、重慶沙坪壩……作者以「行萬里路，讀萬卷書」的經驗，信手拈來都成美景。

然而，最最重要的，作者把中國在這近百年中的諸多浩劫，都留下了翔實的紀錄！

抗戰八年，是中國有史以來的一次大浩劫，然而，曾幾何時，有幾個人還會想到當時的苦難，墨人便預言：

「這要看我們後代子孫能不能記住這一次，不然恐怕還會有第二次……我們的歷史也是死的……頂多只會死板板的寫那麼幾段文字，那有甚麼用處？有錢的人只會蓋廟，唸阿彌陀佛，誰也不會蓋個抗戰紀念館。」

「我們這樣不重視自己的歷史文化，恐怕十年二十年後抗戰這件事兒都會抛到九霄雲外去了！」

惟其墨人，親身參與了這八年血戰，他有一分爲旁人所無的沈重使命感，在《紅塵》中，紀錄了許許多多眞眞實實鮮血淋淋的史頁。

在八年抗戰中，有五項奇恥大辱，屬於令人痛心的「棄民如遺」，凡是中華民族的子子孫孫，都永永遠遠不能忘記。那就是：

㈠二十六年十二月南京大屠殺。

㈡二十七年長沙大火。

㈢二十九年重慶大隧道慘案。

㈣三十一年軍喪野人山。

㈤三十三年黔桂大撤退。

可痛的是，除開二十六年十二月「南京大屠殺」是暴虐的日軍一手造成，但畢竟寃有頭，債有主。勝利後，我們軍法審判，處決了當時的日軍師團長谷壽夫中將，以及競以武士刀斬中國人頭「百人斬」的向井敏明與野田毅，總算爲殉難的三十萬軍民同胞，有了一點點象徵性的報復。然而，其他四次慘事，卻完全由於我們本身的顢頇、無能，造成軍民屍橫遍野，卻找不到當時應該負責的人來明正典刑。

二十七年長沙大火，日軍還在距長沙一百五十公里的「新牆河」，卻誤報成三十公里外的「新河」，當時湖南省主席張治中，便下令焚城「焦土抗戰」，消防車噴灌汽油，把繁華的長沙城燒了幾天幾夜，夷爲一片赤地，燒死燒傷了成千上萬逃不出城的老百姓。後來有人針對這大不幸的事情，作了一副冠頂聯：

治事無能，兩大方案一把火；

中心有愧，三個人頭萬古寃。

橫批是「張皇失措」，至今想來，感慨萬千！

二十九年六月五日的重慶大隧道案，也由於人謀不臧，躲進大隧道中上萬的重慶老百姓，因爲通風不足引起恐慌擁擠窒息而死，擡出來的屍體，擺滿了幾條街，怵目驚心，有些店鋪家庭，老老少少一家人都死在裏面，連收屍的人都沒有一個。

三十年「軍喪野人山」在我們的戰史中沒有詳盡的記載，卻是日軍兵不血刃造成我軍最悽慘、最窩囊的一次敗仗。國軍遠征緬甸，援救了仁安羌的英軍，英軍卻突然撤退，側翼空虛，大軍只有棄械拋車，徒步進入蠻荒叢林的野人山退到印度去。

一萬五千名中國熱血男女青年，他們奉到了命令撤退，沒有周詳的計畫，沒有後續的補給，沒有充足的裝備，前仆後繼走上了這條死亡的不歸路，迎接他們的是密林、深莽、炎熱、驟雨、山崩、急流、螞蝗、毒蛇、毒蟻，還有飢餓、痢疾……終於死亡，不多久便沿途倒滿了森森白骨……倖而活著到達印度的不到三分之一的五千人；擔任政工隊員的女生，幾百人中只有兩個活著到達，其餘的男女青年，都一去不還，喪生在異域的野人山上了。

三十三年秋日軍輕騎取桂林，下柳州，豕突狼奔，沿著黔桂鐵路向貴陽挺進，連陪都重慶都爲之震動，而有遷都西昌的打算。黔桂兩省的難民鋪天蓋地沿著黔桂鐵路逃命，起先還有火車可搭，連車頂上都密密麻麻是難民，但鐵路到了貴州河池便是終站，難民潮只有步行，形成了一次萬千難民的大撤退，在追兵日近中，拋妻棄子，骨肉分離，沿途死亡枕藉，只有杯水車薪的救助……

這許許多多痛苦的史實，何曾像西方有《巴黎戰火》、《圍城九百天》、《珍珠港》……這些專書，留下了令人難忘的紀錄，在中國，久久已爲人所淡忘，勝利掩蓋了一切。而在《紅塵》中，墨人將這些殘酷的事實，以及臺兒莊、衡陽血戰、重慶大轟炸，與反攻緬甸的經過，一一以文學的手法「再創造」在讀者眼前；五十年後，中國血淋淋的抗戰終於有一本小說來敍述了；和托爾斯泰的《戰爭與和平》相同，也是在半世紀後，才有了一八一二年拿破崙征俄戰爭的文學紀錄。

我心頭滴血，眼中垂淚，看完了中國浩劫連連的《紅塵》。

五

偉大並不一定就是完美，在《紅塵》中，我們也看到了一處紀錄有失誤；那就是第六十九章中，描寫了民國二十七年「四二九」的中日空軍會戰，書中提到「蚊式驅逐機」，略略與戰史不符。蚊式機（Mosquito）是加拿大造的一種木質轟炸機，是一種利用木質機身不易反射雷達回波，而進行單機夜間轟炸的機種，我國空軍直到抗戰末期，才接收了一批。而在民國二十七年那時，還以俄製的E-15、E-16戰鬥機爲主，那一次四月二十九日「天長節空戰」，起飛應戰的，除了我國空軍第三大隊與第四大隊健兒外，兼有「蘇聯志願隊」的飛行員，那是一場硬仗，中日交戰雙方損失都很重(注)，雖然擊落日機二十一架，但我國空軍英雄李桂丹大隊長，便在那一役殉職。以後，由於日軍「零式機」出現，占盡了空中優勢，便再也沒有過這種大規模空戰了。要一直到抗戰最後幾年，陳納德率領的「美國志願大隊」的P-40「戰斧式」戰鬥機來華參戰，才算打成了平手。(這些史實，不說墨人兄不甚了了，連素重紀錄的美國，也直到今年才開始拍攝「飛虎隊」電視影集，來彌補這一段歷史上的空白)

然而，在《紅塵》中，處處可以見到作者密針細縷所下的準備工夫，小至一處地名，一件家具，一項瑣事，都作過考據與準備，寫蘆之湖上的幽美，決不是甘棠湖的敞朗；翰林第的陳設，金谷園的裝潢，與紫竹庵的布置……都有細膩的描寫。恢宏的架構、流暢的對話，勾勒出了中國近百年歷史的縱斷面，一劈到底，而紋理盎然可尋，供人回味思索，便是《紅塵》的魅力所在。

注：據日軍戰史記載：「日軍派出轟炸機（中攻）十八架，戰鬥機（艦戰）二十七架，與攔截之約八十架中國軍機接戰，擊落其中五十一架。」本身損失則未提。

百戰將軍死

提起黃百韜將軍，中年以上的國人，都知道他是國軍名將，戰功彪炳；於民國三十七年十一月二十二日碾莊戰役中，被圍不屈，舉槍自殺殉國，那種壯烈精神，驚天地而泣鬼神。可是四十年下來，他的英勇事蹟，已漸漸爲人所淡忘了，難得「近代中國出版社」有心，請到了郭嗣汾兄爲他立傳，取名《百戰黃沙》，不禁萬分興奮。

三十多年前，在彭歌兄主編的《自由談》上，便拜讀過嗣汾兄所寫的〈黎明的海戰〉，他的文筆在戰爭文學中獨樹一格，令人極爲神往。

可是，他告訴我，在這本傳記中，也未能盡符他的寫作理想，如果與《巴頓將軍新傳》相比較，這就是中西方對傳記中「諱」的看法了。中國人素來爲「爲尊者諱，爲賢者諱，爲親者諱」，三「諱」之餘，所能提供後人親炙的史實史料，便寥寥無幾。傳記家縱有通天的本領，也受到有限史料的拘束。「巧婦難爲無米之炊」，是我國傳記家同有的感歎，嗣汾兄當然也無法例外。

所以，一本成功的傳記，傳記家應該受到各方面人士的尊敬與合作，提供一切的資料，使他握筆能縱橫馳騁，了無窒礙，才能寫出忠實敍述的傳記來。

我譯過《巴頓將軍傳》與這本《巴頓將軍新傳》兩部書，兩者取材的方向各異。前者的傳記家法瑞哥（Ladis Farago），採取「外打進」的方法，羅集有關巴頓的資料，入地上天，窮年累月，有關各次戰役，更是詳盡；後來又參考巴頓家人送給美國國會圖書館中一百二十個檔案櫃的巴頓資料，續寫成《巴頓將軍續傳》(*The Last Days of Patton*)。然而，他卻得不到巴頓家人的合作，對巴頓幼年、青少年的各種資料，乃至與夫人間的函件，都無法一窺全豹，而形成了一片空白，便由寫《新傳》的布勒曼遜(Martin Blumenson)以「內打出」的方式一一揮灑成篇另成一傳了。以嗣汾兄的這本傳記來說，也屬於「外打進」，得力於外界的資料多，而得到黃將軍後人的協助少，不過也因爲如此，才使嗣汾兄能把黃將軍的幾次英勇戰役，寫得淋漓盡致。

並不是西方人完全沒有爲尊親諱的觀念，例如今年出版的《王爾德傳》（見六月一日《華副》拙譯書評），王爾德的孫兒梅林何南德先生，對爺爺是否染有梅毒，和作傳的傳記家艾爾曼恩持有不同的意見，最後經過折衷，而以一項附注「各說各話」，以致王爾德死了一百年了，死因依然未作定論。

相形之下，《巴頓將軍新傳》中，巴頓的兒女便開放得多，毫無避諱了，巴頓的「拼字困難症」（這是種學術腔，用白話來說就是「寫白字」）；與姨姪女琴恩高登的婚外情；以花甲之齡赴倫敦休假時，「三天用了四個『小夜衣』」；「不搞女人的男人也不會打仗」……都一一寫了出來。巴頓一直是個帶兵官，懂士兵心理，與阿兵哥訓話，從來不耍「學院腔」，一口粗話，常常使得聽到的部隊哄然大笑。在這本《新傳》中，也錄有精彩的片段，如聞其聲，如見其人。例如：

「我希望穿過西格飛防線，就像屎穿過屁股眼兒一樣。」

「我要德國佬望見時大叫：『哇，又是那個他媽的第三軍團和那個婊子養的巴頓來了！』」

還有一次，他看到一列軍車車隊堵車，因爲一門大口徑榴彈砲，卡在鐵路地下道裏，巴頓告訴不知如何是好的車隊指揮官說：

「上校，你可以把那座他媽的橋炸掉；或者，也可以把他媽的那門砲炸掉；要不然，也可以把你他媽的腦袋瓜兒炸掉，我不管是炸哪一項。」

這種快人快語，在我國名將中也多的是，只是也只有在巴頓的傳記中才有幸記載下來，發表後，也獲得了傳記主家人、門人、部屬的一致認同。在我國林林總總的名人傳記中，傳記家何曾有過這種坦率與開放的幸運？

●

在內容上，這兩本名將傳記上各有特色：《巴頓新傳》由於已有以前的各傳，記盡了戰役經過，因此著重在兒時、青年的活動，乃至巴頓的精神層面，也透露了巴頓內心不爲人知的對當代名人的月旦。而《百戰黃沙》則著重在傳記主的戰績上，經由傳記家的再造，詳細敍述了黃百韜在一生幾次重要戰役的經過，所有時間、地點、戰鬥序列與雙方的進退，都敍述得栩栩如生。二十年前，我也曾在陸參大修過「孟良崮」、「碾莊」與「雙堆集」這幾次戰史，但對嗣汾兄所下工夫之深，描繪的細膩與寫實的流暢，在紙上重現四十年前的黃沙血戰，歎爲觀止，具見〈黎明的海戰〉這枝筆寶刀未老。

徐蚌會戰的失敗，導致當時整個局勢的逆轉。在軍事方面，便由於黃百韜的第七兵團與邱清泉的第二兵團，先後被敵人各個擊破，而據故老相傳，也因爲將帥之間不盡融洽，未能相互支援所致，黃百韜曾救胡璉的整十一師於南廠，又救李彌將軍的整八師於臨朐，無人道功；但卻因三十六年五月未能及時解孟良崮之圍，導致整七十四師全軍覆沒，師長張靈甫自殺，而一直遭受指摘。

民國三十五年七月黃泛區作戰，黃百韜的整二十五軍在帝邱店被圍，得邱清泉的第五軍奔援迂迴敵後，始告解圍，形成大捷。論功行賞，黃百韜獲頒青天白日勳章，而邱清泉卻受到申誡。以致兩年後，黃百韜的第七兵團兵困碾莊，前來馳援的邱清泉第二兵團，雖已只差三十里，卻「打不過去」，而使彈盡援絕的黃百韜拔槍自殺，壯烈成仁。

嗣汾兄寫這本書，素材蒐集極爲豐富，其中也有中共出版的《淮海戰役親歷記》。他告訴我，其中一段述及在共區傷兵醫院中，黃兵團的一個傷兵，向邱兵團的一個傷兵抱怨說：「當時如果你們肯靠近放兩槍，我們都不會在這裏受罪了。」

黃兵團既已覆沒，邱兵團豈能獨存？雙堆集一役，邱清泉也以身殉國。兩員大將先後殞落，從此局勢便一發不可收拾了。讀史至此，令人掩卷歎息。

反觀巴頓，卻深悟「救人如救己，救兵如救火」的道理，平時便注意敵軍與友軍的動態，預先有了因應之道，一九四五年十二月十六日，困獸猶鬥的德軍，利用天候的掩護大舉反攻，突破美軍第一軍團地區，形成在盟軍陣線中一片突出的陣地，把空降一〇一師圍在巴斯墩，前鋒直向安特衞普挺進，盟軍戰線岌岌可危。十九日，巴頓離開第三軍團部去盧森堡開會，但卻要參謀長準備好逆襲解圍的計畫。艾森豪要巴頓解圍，巴頓一口答應，問他什麼時候可以攻擊？

巴頓的回答，不但使與會在座的盟軍將帥愕然不敢置信，歷史都爲之屏息：

「十二月二十一日，用三個師。」

以兩天的時間，要二十五萬大軍作九十度方向轉移的調動，他一個電話打回軍團司令部便立即執行，終於在冰封的道路上，進軍一百六十公里，二十六日入夜前攻抵巴斯墩，解了空降一〇一師的圍。這種爲了解友軍圍，大兵團奔襲的神速用兵，不稍遲延，這種戰功，前不見古人，後也可能無來者了。

這兩本書，都有銅版紙印的精美圖片，有許多以前都未曾見過。如「黃」傳中，先總統蔣公與黃將軍及其他將領在南京靈骨塔前的合影，十分清晰。而「巴」傳中，巴頓十九歲時，釣到一條八十三公斤半重的黑海鱸魚，這也是一項釣界少有的成績吧；至於他揮軍渡過萊茵河時，這員四星上將軍，全副戎裝站在浮橋上向河中小便的照片，更敢說是舉世名人傳記中只此一張了。

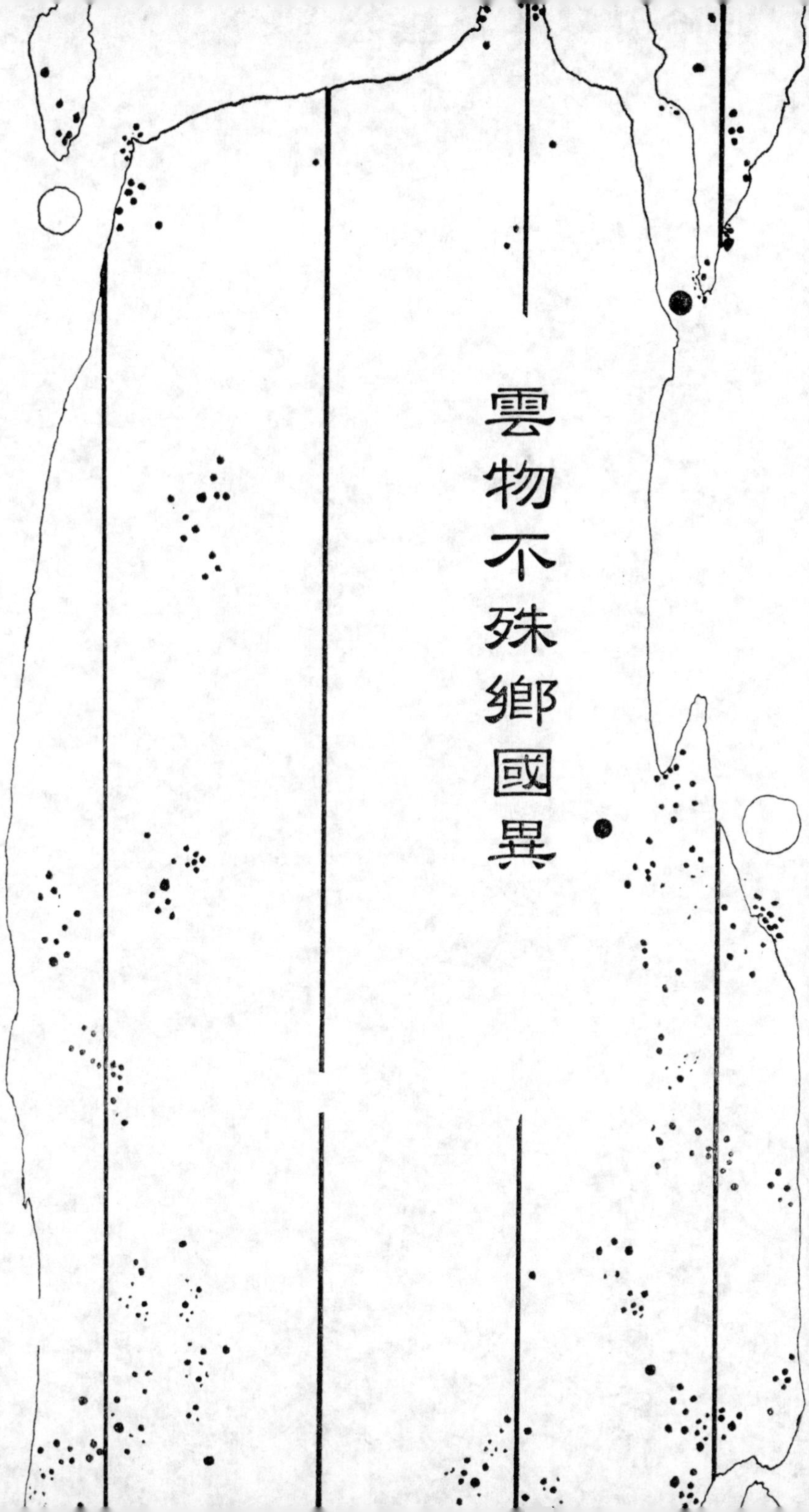

雲物不殊鄉國異

還鄉初斷腸

香港啓德機場一年比一年擁擠，赤鱲角新機場眞是非興建不可了。

在桃園中正國際機場，旅客在候機大廳中看到了班機的燈號字幕。便可以進關受檢，找自己的登機門。可是在啓德機場，好不容易才看到小小一方電視螢幕上的燈號，便得到走廊上登機門前排隊，上百個歸心似箭要飛回湖南的旅客和行李，都塞在一堆；等到航空公司的小妹來到，開始撕登機證放人進登機門，你一定以爲那一頭一定是飛機的艙門口吧，才不是呢，進門下樓先到休息室裏坐下，又一次全員到齊了以後，又才魚貫而出——不是上飛機。而是上了一輛兩頭通的登機車，把旅客送到飛機邊，方始拾級而上機艙。好在人人心裏只想到飛回家鄉，這一番折騰也就無所謂了。

香港直飛長沙的班機，最近兩年才開放，儘管「中國南方民航公司」一週只有兩班，這一班飛機似乎密密麻麻包包件件，塞了個水洩不通。省時省事嘛，不必由香港過深圳到廣州，再又由廣州搭火車北上到湖南，陸路這番旅途的辛苦不說，至少要耗掉兩天寶貴的時間。而今，坐上飛機，八百公里遠的路程，小意思，一小時二十分鐘就飛到啦。

我們搭乘的這架飛機，機型也是遠東航空公司臺北飛花蓮的波音七三七，十分熟悉，進飛機找座位，沒有甚麼陌生感，只是「南航」飛機上的空中小姐。所穿的制服，極像是復興岡花木蘭那種灰綠色的毛料冬裝，而且像軍服一般，有肩絆，有銅扣，配上一條紅花絲圍巾，挺英俊的，與一般民航機不同的是，她們在飛機起飛前只表演戴氧氣罩，點到爲止，穿上救生衣與扣安全帶就全免了。機上供應了一頓冷盤晚餐，機長也沒有在廣播系統裏同乘客談談飛行計畫、長沙的氣象這些資料。

飛機高飛在雲層上，左側機窗射進來的陽光由斜照而漸漸改平，璀璨似火的晚霞並不太久，便黑暗下來，雖然判斷這時飛機應該飛過了韶關，進入湖南境內，只是密密的雲層，看不到地面的燈火，只感到機頭微微向前傾斜，知道高度降低，心頭也跟著發動機的聲音沈重起來。

似乎只看到機窗外淡淡的橘色跑道燈，飛機碰然一下就落了地，還好沒有三級跳，可是我的心卻幾乎跳出了胸口，拚命要從機窗外望到點點燈火，故鄉啊，四十多年的遊子，歸來了……

這一機的乘客都是歸鄉的人，下飛機便凝視候機室大面落地的玻璃窗，黯淡的燈光下，那裏面竟是空蕩蕩的，沒有幾個人，更沒有人揮手，心就不禁往下沈，糟了，連一個接機的人都沒有！

長沙新修在榔梨市的這處「黃花機場」，規模比花蓮機場要大上一倍，可是海關人員卻都是綠制服、紅邊帽，掛上「邊防檢查」臂章，那又顯明是一處國際機場了。檢查員都是些臉蛋紅撲撲、年輕的長沙「妹子」，幾十年來頭一次聽到客客氣氣問話的鄉音，和和氣氣的笑靨，遊子的心頓時熱呼呼起來；畢竟，「親不親，故鄉人」嘛。

懷著忐忑的心情，推著行李，隨著同機旅客走出了機場門，這才被迎接的人群所嚇倒了。機場出口外面的空場上，並不明亮的路燈下，黑壓壓擠成一大堆的人，有的哭，有的喊，許許多多的紙板木牌，朱筆墨筆的字，正體簡體，端端正正的歪歪倒倒的，都在這段時間舉了起來，高喊著隔絕了多年，已經不認識，從沒有見過面的親人名字。我還沒有看到自己的名字，就已經被弟弟妹妹抱住了，擁上來的還有堂弟堂妹弟媳妹婿、外甥姪兒，都興奮熱情地呼喚我們。

在模糊的淚水中，更看到了遠從貴州畢節，走了三天三夜到長沙來接我的春煦永惠夫婦，四十多年前我爲他們的婚禮出力，而今彼此都雙鬢已斑，抱著他久病消瘦的身軀，淚流滿面；這麼些年的離別與隔絕，終究能擁抱自己的親友了。

●

清明時節的濛濛細雨，長沙市上空低低壓著一片灰灰暗暗的雨雲，我們還是決定到鄉下去上墳。灰撲撲的路面，行道樹的枯枝剛剛茁萌了綠芽，田野裏，一大片黃燦燦的菜花，也有一塊塊水汪汪的田，有牛在犁田了。

車過了瀏陽河，上了到戴家河的一條碎石路，路面愈來愈窄，碎石越來越少，雨雖然小了許多，可是路面的黃泥卻更深，深得車輛都陷住了打滑，因此我們決定在這最後的四五公里走路。

我腳上穿的還是臺北穿的休閒鞋，雖然鞋底有溝紋，但是對著這二三十公分深的爛泥卻使不上力，正在爲難，弟弟爲我找了一雙橡膠的高統套鞋換上，這雙鞋緊一點，夾得腳趾有點發痛，但終究可在爛泥中一步一個腳印的向前走了，也可以多呼吸一點杉林、稻秧和赭壤的芬芳，故鄉泥土的氣息呀。

在我的記憶中，像這種可容一輛汽車通行的泥路，以前並沒有，能開這麼寬的路，一定是爲了便利農耕機（家鄉叫拖拉機）通行，農耕機的輪胎又大又厚，胎紋很深，可以下田，當然也不怕路上泥濘的深厚，所以這一段根本不鋪沙石，能省則省，只是我奇怪的是，怎麼四十多年的土地改革，鄉下的農田還一仍舊況的小塊小塊，毫不整齊，還有些是趕了水牛耕田，足證農耕機下田並不普遍，要發展農業，提高單位面積產量，機耕必不可少，但是首先要解決的就是農地重劃，把畸零零碎的小塊農地，規劃成整整齊齊的大面積，農業才有出頭天的日子。臺灣在這方面努力，困難重重，由於土地都是私有，分割重劃阻礙很多，但還是進行了不少。大陸的土地都已收歸國有了，照理說農地重劃，只要一聲令下，不會有甚麼抗力啊，泥路、細田、牛耕，說明了一件事，在農村下的本錢不夠，用學院派的用語來說，這就是農業投資不足。

在田埂的泥濘中跋涉，看到路的兩邊蓋起了一些新農舍，還有些地方堆了紅磚準備要蓋，這些蓋好了的房子，大多都是一樓一底，最使人欣慰的，便是沒有稻草屋頂，都鋪上了家鄉特有的黑瓦，與臺灣農村不同的是，這些新農屋從不用水泥窗框或者鋁窗，清一色都用杉木；在臺灣，杉木鑲板的裝飾認爲是色調溫暖的原木，屬於高級木料，在家鄉卻極其普遍用作門窗，不施油漆。

然而，等我到了自己的出生地黃家坡，這才知道鄉村的貧富並不均勻，在我們這處山坳裏，只有一戶新屋，其他還是泥磚泥地的老屋。駐腳的這一戶堂屋裏，倒是堆集了好幾大麻袋的穀子，橫樑上還裝了一個四十瓦的電燈泡，一隻老母雞就在一個木盆的稻草堆上生蛋，它生了蛋報喜的咯咯噠咯咯噠啼聲，足足有四十多年沒聽見過了。

鄉間的景色依稀如舊，一口老塘和一口新塘，依然是黃湯湯的塘水，塘邊的南瓜棚還沒有搭架，塘邊屋前的大樹都已經沒有了，顯得這裏空蕩蕩的收蓄不住甚麼旺氣。

堂弟再興自從包產到戶以後，在山坡上種了不少蜜橘，都有兩三年了，枝葉長得很茂盛，他最得意的便是在屋子邊開了一口水井，推開水泥板的井蓋來看，水質很清澈，井壁都砌了紅磚，裝了鐵架可以上下，從此，他可以不要到五十公尺外的老塘挑水喝了。我很想說，如果在井裏加裝水管，用馬達把水抽到山坡上一個不銹鋼水塔裏，配上塑膠管，就可以節省很多人力去澆灌果菜，廚房也有自來水，就用不著一桶一桶從井裏提水了。可是，目前僅供照明用的電線，負擔得了這麼大的電力嗎？

就像我們的來時路，在泥濘中一步一步向前走吧。

山坡盡頭，原是這裏的學堂，也是我們家族的祠堂，而今拆得片瓦不存，族譜和祖宗牌位都當柴燒掉了，只留下一堵牆壁還在，灰白色的細磚、白色的砌縫石灰、圓形的窗檻，顯得出當時砌牆的細膩認眞，使得它還能屹立不倒，爲裏面的兩三家人遮風避雨。我頭靠在冷冰冰的牆上，省悟出耶路撒冷那座聖殿的基腳，爲甚麼稱爲「慟牆」的原因。

整個山坡都種了杉樹，綠鮮鮮的一片，有點蓊蓊鬱鬱的氣象了，從市區來，經過的山野都種了樹，麻麻密密，一片綠蔭，使人心情開朗。只是樹幹都不粗，只有飯碗口大小，顯見得是種下去沒有幾年；然則，四十多年來，山嶺上的大樹巨柯在「大躍進」全民鍊鋼時砍得光光的以後，就從沒有補植過，直到最近發動「國土綠化」才開始種樹嗎？

退一步想，已經知道，而且已經在做了，總是好的，幾千年苦難的國家，不在乎一二十年的荒廢啊。

父母親的墳，就在山坡上的杉林裏，「搭幫」再興修得很好，還預留了放祭品掛引旛的位置，鞭炮劈劈拍拍在坡地上山鳴谷應，我們跪在墓前磕頭行禮，心裏一陣陣絞痛，淚眼模糊中，我俯身在地面哭了起來。

「爸爸媽媽，二伢子回來了！」

離開故鄉四十多年，睡中夢裏總是縈繞著童時的故居，前兩年弟弟寄來一幅長沙市街道圖，許許多多地名似乎都改了，有些又依稀相識。以前常常去玩的「閻家湖」，地圖上怎麼卻是年嘉湖？仔細覓覓尋尋，居然看到了潮宗街，與奮得人都幾乎僵住了。

因此，回到長沙以後，翔妹特地用一個上午，陪我走路去尋覓故居的街道和巷弄，那天早上，我們從留芳嶺起走，過興漢門沿蔡鍔北路，到以前最熟悉的紅牆巷，巷底的北魁星樓，原是外祖父的住處，我們最熟悉也最喜歡的地方，現在根本看不到那座三層樓閣，那口唯一可以指出住處所在的水井，也似乎乾涸塵封在角落裏。

營盤街的湘春園戲院，那是我看湘戲最多的地方，沒有了。北正街在兒時，是一條熙熙攘攘，十分繁華熱鬧的大街，怎麼變得這麼狹窄，和臺北的一條小街差不多嘛；心中十分不服氣，可是「北協盛」藥鋪依然在，證明這就是北正街沒錯。

以前的「北協盛」和南正街的「南協盛」，是長沙兩家大中藥店，每逢年關，我們總擠進去看店內鐵籠裏的老虎與繫著的驢子，那是要殺來泡虎骨酒和製驢膠的活標本，櫃檯裏二三十個師傅和學徒忙忙碌碌替買藥的人稱藥，轟轟人聲中還夾雜著搗藥的蓬蓬聲響，可是，這一切都驟然消失了，櫃檯後面一片悄悄。只有上十個穿白袍的年輕「妹子」照顧店面，店裏除開我和翔妹，也沒有客人，賣的藥都是現成的切片粉藥，更進一步的則是膠囊細粒。我們往後進走，高高的三樓還在，屋頂從天窗透下暗暗的光線來。

兒時曾在潮宗街住過，靠近北正街，街上原有一家「美西司」電影院。是最早放映默片的所在，現在當然不存在了，往北邊一點，有一座聖公會教堂，也沒有了，往教育會走的交叉路口，也有一座教堂，記得綠綠的草坪很大，外國牧師常在裏面打網球，禁不住要去看看，果然教堂還在。

這是一座用花崗岩（長沙人稱爲「麻石」）砌成的教堂，暗紅色的粗糙岩面在外，鼓鼓凸凸的不甚整齊，而整面牆又砌得平平整整，到過羅馬與巴黎的人，都見過這種方式砌成的宮殿，四牆斜斜的屋頂，使這座教堂雄壯的氣勢中有幽雅的線條而取得了均衡美，然而這麼美的一幢建築，卻在門口釘起粗粗糙糙的木板，當成倉庫來使用，眞是蹧蹋；原來寬敞的草地，蓋起了擠得緊緊的木屋，都擠得挨近教堂了。

爲甚麼不保持這兒的原狀，把它用作「少年先鋒隊」的文化宮、圖書館呢？長沙有這麼漂亮的一幢建築，卻作了最醜陋的處理，家鄉人的品味，使我覺得赧赧然。去年，我到蘇聯去訪問，在莫斯科與列寧格勒，見到了蘇聯政府與人民對古蹟與古物的愛護保存不遺餘力：博物館中的鑾駕、御車、御袍、皇冠、上綴珠寶鑽石的《聖經》；市中心的聖徒像、凱撒玲女王與七位面首合立的銅像、彼德大帝的馬踏長蛇青銅雕像，都保存得好好的，沒有受到半點兒損害與破壞；現在，大陸上又興起「毛熱」了；但是從歷史上批判，史達林比毛澤東高明，因爲他從沒有發動摧毀文物的「文化大革命」。

長沙用麻石鋪成的街道最爲有名，這種石質的大街小巷，歷經幾十百把年而不損壞。深多雪夜，麻石巷道中傳來木屐踩雪的咯吱咯吱聲，配合著敲鑼的打更聲，沙沙的雪子撒在瓦頂上，成爲兒時最實實在在的催眠曲。

可是，長沙現在的街道都鋪上了瀝青，木屐踩石的夜聲已成絕響，因此，一眼望見潮宗街還全部保存著麻石路時，不禁大喜過望，只有這條街還縮住了縷縷的兒時回憶嘛，止不住對著街面多照上幾張相。

我也知道民國二十七年的長沙大火，把高升巷的我家燒成了一堆廢墟，但一定要走過看過，才會死了這條心，兒時認爲寬敞的巷子，現在有了路樹，更是窄鼈鼈的了，記得巷中有條死巷，巷端一口水井，兩邊便是「民國日報」，至今雖然沒有水井和報社，卻還稱爲「報館巷」。

故居的後面，建起了三樓住宅，前面卻是並不搭調的幾戶矮屋，巷口對面竟是一處大字「保持清潔」的公廁，我悽然取出相機要照張相，街坊鄰居都警覺地望著我這個「臺胞」。該怎麼向他們解釋呢？我原是這兒的老鄉親啊。

以前渡過浩淼的湘江到嶽麓山去，要坐兩次「划子」。一次上水陸洲（而今改稱橘子洲了），再一次才能登臨彼岸，而現在已經有了輕車可渡的寬敞大橋，不只一條橋，而是兩條，甚至準備興建第三條橋呢。新建完成的湘江二橋，造型很獨特，銀白色的懸吊鋼索不在橋的兩邊，而是正在當中，橋兩端是巍巍高矗「人」字形鋼門的入口，也設得有收費站，但橋面上密密麻麻的卻都是行人與自行車，橋上江寬天高，春風微拂，看得出來來往往的行人面色都以這條新橋爲傲，非常喜歡它，因爲它使長沙從前偏僻荒涼的西岸頓時繁榮熱鬧起來，活動的空間也倍增了。

●

還鄉的幾天，都在興奮、喜悅，與哀傷、回憶中交織過去，飽啖了家鄉的飲食，徜徉過美麗的湖山，卻總覺得有甚麼與在臺北的生活不一樣，甚至有些不方便，自己也想不出一個所以然來。

到最後這才悟出：報紙！我走路經過長沙的大街小巷，上過書店，住在賓館，沒有看到一處報攤，沒有見過一分報紙。早上，妹妹到賓館來，領我們去吃早餐和安排行程，總帶一張「參考消息」來，四開大小，沒有廣告，印得麻麻密密，但卻都是譯的外國消息、外國知識多。而我所想要知道的家鄉新聞，哪怕是政要蒞臨啦、農產展覽啦、新書出版啦、臺商投資的卡拉ＯＫ啦……甚麼都好，只要是自己生活在這一個圈子中周遭的一切一切，我都要想知道知道，然而，這裏的報紙似乎受到了保護，輕易不以面目示人，因爲它是稀有種類！在臺北，凌晨四時街頭黑漆漆的，就有送報人騎著機車，把大捆大捆的報紙分送到報攤或者訂戶了；在香港的街頭大大小小形形色色左左右右的報紙一堆堆，擺在醒目的地方，任憑你挑，隨便你揀，新聞和早飯一般自然而然溶入了生活，惟獨在家鄉……

難怪兒時住處的「報館巷」，竟成了闃然無人的死胡同。

●

現在從長沙到臺北的行程，可以用小時計算了，下午三時從長沙「黃花機場」起飛，五點不到便到了「啓德機場」，回程票已經確定，就可以當晚轉機回到臺北。說不定有一天都不用經過香港了，逕直從松山機場飛到故鄉吧，距離的縮近，使我們少卻了許多離愁，進登機門時我反而勸送機的弟弟妹妹：

「莫哭！莫哭！不久我又會回來！」

波音七三七在入暮的陽光中，從跑道上輕輕拉起機頭南飛，我從機窗邊俯瞰這一帶赭壤的水田，只希望再度回來時，不復再是零零落落的畸零田塊了，而是農地重劃過大塊大塊整整齊齊，由農耕機在耕作的田地，就像在臺灣南部的一般，也像在荷蘭，和在日本空中俯瞰到的那麼齊整，那麼美麗。

洞庭春泛

一〇七國道

汽車離開潮潮溼溼的長沙街道，從洪山廟就上了一條寬敞平坦的公路向北疾馳。兩天來的綿綿陰雨，洗得遠山的杉林更爲鮮翠，春雨如油，正是揷秧的季節了，下田的人正喝斥著水牛，在汪汪的水田中犁田，白塑膠布搭成一條條的秧苗棚，過一兩天就要撤掉，把秧苗拔出來了。田野間更多的卻是油菜，一片片黃豔豔的油菜花，就像錦霞一般密鋪鋪恣意氾濫，蔓延在這一帶的赭壤田野裏。

新開闢的這條「一〇七號國道」，由北京南下，貫穿河南、湖北、湖南而直到廣州，與京廣鐵路平行，構成另外一條南北向的交通走廊。除開沒有分隔島以外，公路的氣勢很像高速公路，平平直直地竄山越野捲了過去；有些地段還沒有完成，修路的車隊還在工作，可是修好的路面上，又出現了一些坑坑洞洞，似乎這就全靠人力來補了，三三兩兩的修路工人把路面挖開，掘到路基底，再就著旁邊，把沙石和好水泥灌進去。

顯然，這條公路還沒有暢通，恁寬的路面，來來往往的車輛並不多，而且都是湖南省的車牌。

車過汨羅江，從車窗俯瞰橋下三閭大夫披髮行吟、懷石自沒的這條名河，淺棕色的河水正緩緩地流過，這一段河面既直且闊，碧岸平坦，在這裏舉行龍舟競賽，該是多麼理想的地點。陪我們的翔妹告訴我，六月十七日端午節的國際龍舟競賽，正要在湖南省舉行；爲了要有適當的賓館供各國選手居住，所以賽舟的地點是在「一龍趕九龜」的南湖湖面，那裏是湘北重鎮的所在，也就是我們此行的目的地——岳陽。

清潔的岳陽

岳陽，過去在我的印象中只是一個小縣，然而駛完這一百六十二公里的行程，才發現應當刮目相看了，它市容的恢宏與整潔，出乎我的想像以外；街道寬闊，一些高樓正拔空而起，我們下榻的「岳陽賓館」，樓高二十層，雖然只是三星級的旅館，但是設備與服務，決不下於臺南大飯店。

開車前，司機小閻就注意車容乾不乾淨，據他來過多次的經驗，汽車不把汚泥洗掉是不准開進岳陽市區的，這種嚴格的交通規則，可能連新加坡都沒有吧。也許這一個月是岳陽市的市容清潔月，清潔隊員隨時都在掃街道上的垃圾；大街兩邊的居民，老老少少都在盆盆桶桶用抹布清洗分道欄的欄桿，就像在洗擦自己桌椅那般自然與專注。

中餐時，我們坐在一家明窗淨几的小飯館裏，吃走油豆豉扣肉和紅燒鱔片時，落地窗的外面，便是陽光朗朗的人行道，安全島上的法國梧桐，枝椏還光禿禿地縱橫交錯，襯映在青空下，這種安謐的怡然氣氛，似乎只有在西歐一些小城鎮裏才有。

天下第一樓

洞庭天下水，岳陽天下樓。

過去浩浩蕩蕩，八百里橫無際涯，全國第一的淡水湖，今天已不再有那種浩瀚的氣勢了，然而岳陽樓卻深植在每一個中國人的心底。范仲淹短短一篇連題目才三百六十四個字（不計最後「時六年九月十五日」八個字）的〈岳陽樓記〉成爲前無古人，後無來者的至文，文中不但敍景寫情，而且道出了在這個苦難的古老國度中，個人與群體應有的關係，人人應盡的責任，「先天下之憂而憂，後天下之樂而樂」。這篇文字不但感動了當時修樓的滕子京「痛飲一場，憑欄大慟十數聲」；而且也影響了世世代代有爲的中國人，毅然挺身以天下爲己任。自此，樓以文傳，而成爲知識分子心目中履踐篤行的聖地了。

自古以來，航運輻輳的港灣，便是兵家必守必爭的要地。中國南方的四大名樓，都由扼守水道的要塞蛻化而成爲文物的勝地，而岳陽樓的歷史，卻遠比黃鶴樓、滕王閣與赤崁樓悠久，早在東漢末期（二一五年前後），東吳的橫江將軍魯肅駐守巴丘時，就在城西修了一座「閱軍樓」，可以想見一千八百年前，他在這處樓頭校閱曾經在赤壁大破曹兵的東吳如林艨艟的雄姿。

五百年後，唐代的中書令張說貶到岳州，把「閱軍樓」舊址加以改修。不過，他在岳州所寫的三十四首詩中，有〈岳陽早霽南樓〉與〈登岳州南樓〉兩首，都管這裏叫「南樓」。張說既是當朝顯要，詩文又傳誦於時，稱爲「大手筆」，因此「遷客騷人，多會於此」。從此以後，中國文人中，沒有在這裏登臨覽勝過的，可說少之又少。來了不免有感，發而爲詩的也更多，以近人來說，老舍便在一九六三年中秋前四日寫有一首：

昨別秦皇島，今登岳陽樓，

湖光八百里，風色近中秋。
魚米榮公社，風波接壯游，
憑欄欣北望，日夜大江流。

然而，卻沒有詩聖杜甫的一首〈登岳陽樓〉，蒼涼磅礴，公認爲千古絕唱：

昔聞洞庭水，今上岳陽樓，
吳楚東南坼，乾坤日夜浮，
親朋無一字，老病有孤舟，
戎馬關山北，憑軒涕泗流。

所以近人就在岳陽樓樓南，值杜甫誕生一千二百五十年（一九六二）時，修了一座七公尺高四角飛檐的「懷甫亭」，亭碑刻了這一首詩。一九六四年，毛澤東過岳陽，也寫了這首，只是他寫錯了一個字兒，把「老病有孤舟」，寫成了「老去」，至今還展覽在岳陽樓內。它雖然錯了一個字，但卻成爲岳陽樓的「守護神」，因爲如果沒有這一方「鎭樓之寶」，後兩年掀起的「文化大革命」，早把岳陽樓燒成一堆廢墟了。

岳陽樓的建築形式，在四大名樓中非常獨特，它由四根楠木金柱通天頂立，扛起了全樓的基本重量。樓頂就像國劇「中軍」所戴盔形的「四面盔頂」，在「魯班斗」的檐栱上，飛檐翬揚，曲線流暢，就像要乘風飛去似的，紅牆黃瓦和朱柱、紅楹的樓內，有許許多多昔賢與近人的匾對。而供奉在一樓與二樓內的，都是一面落地木刻雕屏，共十二塊，刻的便是清代大書法家張照書寫的〈岳陽樓記〉全文。不過，二樓才是乾隆八年（一七四三）雕刻的眞品，一樓卻是道光年中後人用來「調包」的假貨；那次偷天換日到了手，不料眞品偷運出樓上船後，卻遇到風浪沈沒在洞庭湖中，由於木質是紫檀，久浸不壞，多年以後打撈出來，又送回到樓上，和幾可亂眞的贋品「喜相逢」了。

三樓的龍柱神龕中，供奉著呂純陽，白淨臉皮，五綹長鬚，道冠八卦袍，除開沒有那把鵝毛扇外，十十足足像國劇「羣英會」中羽扇綸巾的孔明扮像。

人只有在「登斯樓也」以後，憑欄遠望水天一色的洞庭湖，才體會到昔賢煙波浩淼，去國懷鄉旣暢快又悽傷的心情，而極目所見，只有一波波淡泥色的湖浪，隨著勁急的北風，向樓頭陣陣湧來。

岳陽樓的兩側，各有多角飛檐的一亭翼然侍立，南側爲六角雙層的「仙梅」，點出這兒曾有過仙人畫梅的一塊石碑；北側則是四檐兩層的「三醉」，樓上供奉的又是一座呂洞賓的神像。

下了岳陽樓，從深深的拱門中出了「岳陽門」，再往下走，便是「一碧萬頃」的臨湖牌樓門；拾級而下，便到了洞庭湖黃湯湯的湖水邊了。我先撿起湖邊的碎瓦片，在湖上打了幾個水漂漂，心想「濯足萬里流」有點太冷，何妨去一掬洞庭水；只是我剛伸手到湖邊水裏，後面碼頭上憑欄的人都驚叫起來；原來湖邊豎得有一欄布告，警告遊客，爲了防止吸血蟲，不要接觸湖水。

千里迢迢還鄉，不料「美不美」的「故鄉水」，也受到吸血蟲的汚染而不可親近了。

君山遊

洞庭湖邊遙望君山，隱隱約約，似乎像「忽聞海上有仙山」般虛無縹緲；而劉禹錫的詩「遙望洞庭山擁翠，白銀盤裏一青螺」，更是把君山寫活了。

原來我以爲，君山只是湖中的一個孤島，宛同日月潭中的光華島般，只有坐船才能到達，誰知道汽車卻駛上了渡輪，我們夾在一堆貨車中，隨船慢慢離了湖岸，駛入了韓愈所詠「自古澄不清，環混無歸向」的洞庭湖水。

遠望君山如黛，躺在水天一色的遠方，渡輪就已緩緩靠岸，這處渡口沒有什麼碼頭，十十足足的搶灘，輪船前端的鋼跳板嘩啦啦一放，渡輪上的汽車就魚貫涉水駛到了岸上，在洞庭湖中，築出了一條公路，由這裏駛向華容，南可通沅江、益陽，北可到湖北的石首，是湘北東西向的交通幹線，公路兩邊，密密麻麻植著水杉，路一側便是大片大片的綠色草原，另側卻有菜地、稻田、農舍，還有綿延十里的黃花油菜田，這才使我省悟，這條公路的路基就是圍湖的長堤，現在正值水枯季節，湖底露了面，青青草原中的水牛，三五成群，不必風吹草低，便見得到黑壓壓的一堆堆爲數不少，趕得上「與狼共舞」中的野牛群陣勢。

車離開公路，駛上筆筆直直的單車道，行樹一望無際，偶爾幾輛拉著滿滿一大車一大車蘆葦的拖拉機，慢吞吞讓路給我們超車過去。原來，湖水低落時，車可以沿著這些堤路逕直開到君山；途中有一大片柳林，春葉初茁，一帶綠煙，在金色的朝陽下，十分鮮麗，可是樹身齊腰以下，都是一片赭黑，那就是湖水漲起時水淹到的高度，可以想見到那時，洞庭湖便天連水水連天的浩瀚無涯了。

山不在高，君山的最高峰也不過海拔六十三公尺半，面積也不廣，只有零點九六平方公里，可是它卻鍾靈毓秀，名貫古今，敢稱是全世界名勝古蹟密度最高的勝地之一，島上奇花異竹，亭臺樓閣外，還有四臺、五井、四十八廟、三十六亭、七十二峰，處處都有來頭、有年頭、有看頭。遊這裏就像遊太魯閣，最宜於徒步，眞像在個天造就的湖上仙山漫步。論歷史，君山可以上溯到西元前兩千二百年的舜帝時代，二妃墓、湘妃祠和斑竹，都在述說著一個四千二百年前一段淒豔的愛情故事，一想到竟有這麼久遠，人頓時覺得矮小下來，君山的天地便有無限廣闊了。

我在湘妃祠前，記下了張之洞所撰的一首四百字長聯，又到後殿美麗的娥皇女英立像前頂禮參拜，祠內雖然沒有香火，卻可以求籤，籤筒分別列爲事業、婚姻、功名等等幾筒，搖出一枝，便可用八角人民幣向女廟祝兌換一張籤單。我求了一張「件件吉利」，可後面兩句卻是「任君遍歷崎嶇路，行盡深山又是山」，看樣子，前頭的險巇還多著呢。

在君山享用了一次「全魚席」，每一道都是湖魚，在臺灣難得吃到的便是這兒特產的銀魚，一條條不過六七公分長，通體純白，只有魚眼是黑色，味道極爲鮮美。回到家鄉，辣椒當然必不可少，臺北許多湘菜館的辣椒，只不過是應應景的辣椒醬而已，充其量應顧客要求，切幾隻並不夠辣的新鮮紅辣椒充場面；可是回到湖南，不論粉麵客飯，桌上總擺著滿滿一缽子不摻任何作料的赭紅色乾辣椒粉，任憑你加，那才眞叫辣得過癮，辣得地道；而在君山所吃到的「魚鮮酸辣湯」，更是辣得人七竅生煙，夠回味一番的了。

飯後，我們又品嘗君山的一項特產——君山銀針茶，喝別的茶，都是小杯矮盞，不是陶杯，便是瓷碗，惟有喝這種茶，得要用透明無花的玻璃杯，這種茶葉都由人手摘的一心兩葉，芽身金黃，芽頭茁壯，大小都很均勻，放進杯內，用開水沖泡，便可以欣賞到這種茶葉的芽尖豎起，立在杯底，然後緩緩升到水面，又徐徐下沈，就像芭蕾舞般，姿態十分優雅；茶葉要這麼上上下下兩三次以後，才全部沈在杯底，可都是一一豎立，就像萬笏朝天。這是茶藝中獨一無二的絕門——欣賞茶舞；至於茶入口的清香，風生腋下，更是不在話下。

目前，君山正在修建賓館，如果能竟夜流連這島上的山光月色，定有另一番情趣吧；其實，呂洞賓在一千一百年前，早就享受過了：

午夜君山玩月迴，
西鄰水圃碧蓮開，
天香風露蒼然冷，
雲在青霄鶴未來。

——八十年六月二日　中央日報副刊

道盡瀟湘雲夢的悲愴

——張之洞的長聯

今年四月，還鄉探親時，特別登臨了天下第一樓的岳陽樓，欣賞了很多首名聯。

岳陽樓在東漢建安十五年到二十二年時開始建造，相當於西元二一〇年至二一七年，在歷時一千七百七十五年當中，登臨的文人墨客，留下了不少楹聯。只是樓爲木造，容易遭火災，濱臨大湖，溼氣又容易腐蝕結構，所以這座名樓雖然屢仆屢修，但其中的許多楹聯，就不免與樓木同朽了；全靠記載，才保留了一些名聯。

其中最短也最有名的一副對聯，爲李白所寫，由於他刻石依門，還保留有原跡：

水天一色，

風月無邊。

歐陽修的對聯，原聯已經物化，只留下了它的記載文字，卻依然使人神往：

我每一醉岳陽，見眼底風波，無時不作；
人皆欲吞雲夢，問胸中塊壘，何日能消？

清代書法家何紹基所寫竇垿的這副長聯，堪稱雙絕：

一樓何奇，杜少陵五言絕唱，范希文兩字關情，滕子京百廢俱興，呂純陽三過必醉；
詩耶，儒耶，吏耶，仙耶，前不見古人，使我愴然涕下；
諸君試看，洞庭湖南極瀟湘，揚子江北通巫峽，巴陵山西來爽氣，岳州城東道岩疆；
渚者，流者，峙者，鎮者，此中有真意，問誰領會得來？

然而，在洞庭湖中與岳陽樓遙遙相對的湖島——君山，島上祀虞帝二妃的「湘妃祠」，卻有一首張之洞所撰的長聯；上下四千年，縱橫數萬里，寫景抒情，道盡了瀟湘雲夢間的感慨悲愴，氣魄之雄，文筆之美，遠遠超邁了昆明大觀樓的那副長聯。

九派匯君山，剛才向漢沔盪胸，滄浪濯足，直江滾滾，奔騰到星沉龕赭，潮射錢塘。亂入海口間，把眼界洗寬無邊空闊，祇見那廟喚鷓鴣，落花滿地，洲鄰鸚鵡，芳草連天；祇見那峰回鴻雁，智鳥驚寒，湖泛鴛鴦，文禽戢翼，恰點染得翠靄蒼煙，絳霞綠樹；敞開著萬頃水光，有幾多奇奇幻幻淡淡濃濃鋪成畫景。焉知他是霧鎖吳檣，焉知他是雪消蜀舵，焉知他是益州雀舫，是彭蠡漁艘，一個個頭頂竹簑笠，浮巨艇南來，焉知歎當日靳尚何奸，張儀何詐，懷王何闇，宋玉何悲，賈生何太息，至今破八百里濁浪洪濤，同讀招魂呼屈子。

三終聆帝樂，縱難覓伶倫截管，榮援敲鐘，謫響颯颯，隨引出潭作龍吟，孔聞鼉吼。靜坐彼心裏，將耳根灌澈別樣清虛，試聽這仙源漁櫂，歌散桃林，楚客洞簫，悲含蘆葉；試聽這岳陽鐵笛，曲折楊柳，俞伯瑤琴，絲彈桐柏，又添增些帆風檣雨，荻露葭霜；湊合了千秋韻事，偏如許淋淋漓漓洋洋灑灑惹動詩情。也任你說拳椎黃鶴，也任你說盪貯青螺，也任你說豔摘澧蘭，說香分沅芷，數聲聲手撥銅琵琶，唱大江東去，憶此祠神堯阿父，傲朱阿兄，監明阿弟，宵燭阿女，敤首阿小姑，亙古望卅六灣白雲皦日，還思鼓瑟吊湘靈。

——八十年五月二十五日　中央日報「長河」

還鄉趣事

臺灣寫簡體字而印正體字，雖說雙重標準，卻能左右逢源，認字上難不倒我們；大陸搞簡體字，硬是搞得徹底，算得上從一而終，卻等於是中國歷史上一場「文字大革命」，以致現在的青年人連「後漢書」三個字都不認得。從此唐詩、宋詞、元曲、二十五史的「原版」，都得改印成「簡體字版」才能有讀者。現代的英國人看不懂喬叟情有可原，但中國文字有幾千年傳承的「書同文」啊，卻因推行簡體字而從此打成兩橛了；回到大陸，常常由於簡體字鬧出笑話。

大致說來（用大陸的語氣，就得改成「就總的來說」），大陸對退休後的公務人員，依然很照顧。今年四月我回到故鄉長沙，早晨在街上走走，便看見街頭有些已經退休了的老太太老頭兒，還臂繫紅臂章，擔任交通指揮、清潔檢查一類的工作。對於老幹部更是看重了，不但有集合公寓可住，而且一幢公寓還有一輛中型九人座的客車與專任司機供他們使用。只是這幢公寓樓下，寫著龍飛鳳舞的四個大字，卻使我大惑不解了半天，是誰那麼玩世不恭，自稱爲「老千之家」，後來就教人家，才知道這是「老干之家」；干者，幹部之幹也，簡體字也，總算讓我開了竅，在恍然中得到了大悟，差點兒就開玩笑得罪朋友了。

和大陸的親友通信以後，他們有些人寫我的姓名，用簡體字的「范」，代替了「範」，我一看平白就改了我的名啦，心裏就犯彆扭，爲什麼不改用「范」而用「范」，竟連部首都改了。懂得簡體字的朋友，認爲他們連「師範大學」和「範圍」都改成「師范大學」和「范圍」了，你這一個「範」字改「范」有什麼要緊？再說，他們還沒根據古文改成「犯」與「飯」，就算是你老兄的造化了，豈不聞《說文》的段注：「範犯同音通用」嗎？我想，大陸不把「範」改成「犯」，爲的是百年樹人，「師範」成了「師犯」，有誰願意進師範學校呢？

我對文字之學，一向實竹子吹火，所以不敢置一詞。只是四月初還鄉到了岳陽樓，看到出售文物的櫃檯裏，有近人的法書〈岳陽樓記〉出售，題款卻是「宋範仲淹作」，卻眞正不敢相信自己的眼睛，範固然可以簡爲范，但范姓又怎麼可以繁爲範？范在中國也是大姓之一，《百家姓》中便明明白白是「奚范彭郎」呀；如果繁簡竟可以互逆，那兩三千年歷史上的范府名人，像沼吳復國的范蠡，天下辯士的范睢，拔劍破壁的范增，素車白馬的范式，溪山行旅的范寬，不辱君命的范成大，甚至連現在避居巴黎的范曾，都得改成範蠡、範睢、範增、範式、範寬、範成大和範曾了。這種改姓，是「邠府四路經略安撫資政諫議」的范仲淹，打從兩歲隨母改嫁姓朱以後的第二次改姓啦，他寫了這篇〈岳陽樓記〉名文，傳誦到現在達九百四十七年，沒料到連姓都保不住了，這可怎麼說？

到大陸去，有許許多多簡稱，和簡體字一般，要習慣了才知道是什麼，與臺灣同胞最有關的便是「臺辦」，只要有什麼事情，你找這個單位準沒錯，但如果不熟悉簡稱，聽的人就一頭霧水了。

一名「臺胞」在一家旅社的大廳，聽到一位「全陪」在大聲宣布旅行團的房間，只聽見他叫：

「懷孕的住一樓。」

「呆胞」心想，這位「全陪」眞夠體貼的，能照顧女遊客，有了喜的住一樓，有狀況處理比較方便嘛。又聽見他叫：

「上吊的住二樓！」

「自殺的住三樓！」

這可把他聽出了一聲冷汗，連上吊、自殺都多得分了樓層啦；看看遊客又個個面不改色，若無其事。他便去打聽打聽，原來「懷孕」是「懷安運輸公司」；「上吊」是「上饒吊車公司」；「自殺」是「自貢殺蟲劑工廠」。您瞧瞧，不懂簡稱，眞能叫人膽戰心驚；仔細想想，又會笑了個前仰後合。

不過，身爲「呆胞」，也不要「丈八燈臺，照不見自己」，大陸同胞看「呆胞」的樂子還更多呢，下面是廣州《羊城日報》的一段，這一欄便叫「哈哈鏡」，整篇不著一字評語，純敍述，您瞧瞧可就哈哈不出來了：

防身術演習班

「他如果一抓住你的衣領和領帶，你就以鎖壓肘關節反制於他……」講話者邊說邊演示。

「厲害！厲害！」聽者連連稱道。

「嘿！還有更厲害的辦法呢！」又有一個技高者出來傳經。

這番對話你以為是出自何處？武術班？警校？軍警？說出來，你可能會嚇一跳。原來，它出自臺灣的「立法院」會場的休息廳。

臺灣「立法院」近來開會，朝野雙方大打出手，「立法院」變成了「力法院」。激烈的群架之後，參加打鬥的「立委」們，先是互探傷情或戰績，然後又一起切磋「防身術」，教者賣力，聽者專心。

——八十年五月二十八日　中華日報副刊

色正芒寒謁包祠

細雨濛濛的清明時節，我們到了安徽省合肥市。

合肥市是一個樸實而風景優美的中型都市。然而，我們所住的安徽飯店，卻是一座有十五層客房的巍巍大廈，從客房窗中俯瞰後面的西山公園，綠蔭深處便是稻香樓賓館，再遠一點點便是廬陽飯店的巍峨客房，一帶綠油油的河水，與我們分隔開來，河中沒有快艇，也沒有小划子，寧靜極了。

我們坐遊覽車，從安徽飯店所在的梅山路向東行駛，地陪指著車左一衣帶水的兩處公園說：

「這是西山公園與銀河公園，都是以前留下來的護城河遺跡，現在合肥的城牆沒有了，護城河分段成了公園，等一下我們就要到包河公園。」

剛才是「西山」、「銀河」，公園名稱都很美嘛，爲什麼要去的地方卻是「包河」？地陪似乎知道我們的疑惑，便加以說明：

「那裏的護城河中間有一個小洲，古名叫做香花墩，是包公讀書的所在，現在建了包公祠，所以那一帶便叫包河公園了。」

哇塞！全車的人都驚叫起來，臺北兩度上演「包青天」，電視劇扣人心絃，愈演愈盛，我們依依不捨地離開，沒想到在開封府當直轄市長的包青天，一生事蹟都在河南，他卻是安徽省人，我們無意中竟到了他老家所在來拜訪了。

車到河邊，濛濛細雨中，綠柳如煙柳條垂落在河畔輕輕搖擺，對岸遠處是一處徽式的黑瓦白牆住宅，還有一座飛檐六角的亭子，走過土堤，在夾道的垂柳中過了一座石橋，便進了「包公祠」。

祠依包公故居改建，面積不大，進門的一方天井「僅容旋馬」，右廂房內爲陳設的縣志，敍述香花墩過去的歷史與史跡，左廂房則爲包氏族譜，從「家譜介紹」上看，這部二十四卷的《包氏支譜》，刊於九十年前（光緒三十年），上溯三十四代，始祖爲哭秦廷復故國的申包胥（西元前五二八年），包公以後傳到現在，也已有了三十六代，子孫綿延七十代，上下兩千五百年分布全國，其中一支，避難南去閩浙，香港船王包玉剛，即是包公這一支的後裔。眞是天佑淸官，後代畢竟「發」了。

正廳三間都已打通，正中供包公金身雕像，頭戴「展腳幞頭」的官帽，所展的兩「腳」，各達四五十公分，朝袍玉帶，神色威猛！我想，雕像頗能傳神，因爲包公個性一生「峭直，不僞辭色悅人」，當時甚至將他的笑容比喻爲「黃河淸」，萬分難得嘛。

包公像下右面，便是他的繪像石刻碑，祠堂中光線黯淡，近在咫尺，也看不淸楚，姑且用閃光燈拍上一張吧，回到臺北沖洗出來，圖形和這張圖片果然一樣。

與包公石刻像成直角豎立的一塊碑，刻的便是隸書有名的包公家訓：

> 後世子孫仕宦，有犯贓濫者，不得放歸本家；亡故者，不得葬大塋中。不從吾志，非吾子孫！仰珙刊石，豎於堂屋東壁，以詔後世。

一共四十八個字兒。到了《宋史》，卻成了只有三十三個字兒了，還把「非吾子孫」，改成了「非吾子若孫也」這麼一句似通非通的話，足見《宋史》的文采，一般實在並不怎麼高。

這塊碑上寫明「包拯家訓」，不論正史或者稗官小說，也都認爲這是包公親立的「孝肅公家訓」，但《古今圖書集成・職方典》（七四二〇頁）中，則說爲包公的父親包令儀所

示，

「包侍郎令儀，孝肅公父也，嘗曰：『……』」

但卻少了「仰珙」與「屋」三個字兒。

究竟包祠家訓，出自包公還是包公尊翁，這又是歷史上一段引起爭議的小故事。但我個人則深以《古今圖書集成》的記載爲然。因爲包公的父親官拜侍郎，當朝一品，勉後人清廉，可能有此家訓；而包公篤遵父訓，身體力行，清名播天下、傳萬世，更足以表明他的大孝顯親，乃父也因之永垂不朽了。

包公的金身坐像上，有一方匾額，金字楷書四個大字「色正芒寒」。「色正」指包公「正色立於朝」，使權貴爲之斂手；「芒」通「鋩」，指鋒刃。這當然指他執法嚴正，民間有他鍘過當朝駙馬陳世美的故事。果然，在他坐像的左側下方，還陳列著他那使壞人喪膽的龍頭、虎頭、狗頭三鍘，很像是由銅鑄成架，鋼刃爲鍘刀，閃閃發光。鍘爲我國北方農民鍘草之用，傳說中包公加以修改，作爲刑人之具，看似與宋代法定死刑的斬、縊、凌遲有別，但它比七百年後法國發明的斷頭臺，卻要人道得多了。

祠堂的東側有一個小小的六角亭，亭中央一口有石圓欄的井，亭上題名爲「廉泉」。相傳這是包公的家井，但凡爲官犯贓「歪哥」的人，一喝這口井的井水，便拉稀鬧肚子疼，如響斯應，十分靈驗，而清官喝了井水，只覺得甜美可口，毫無後遺症。同行的何浩天兄站在「廉泉亭」上拍照留念。我笑著對他說：

「你站在『廉泉』上，足可當之而無愧。包公在端州當太守，除開應進貢的端硯外，不多要老百姓一塊硯，史書說他卸任時『歲滿不持一硯歸』。你在臺北歷史博物館做了三十年的館員館長，把這個館從『地無立錐』，變成『富可敵國』，光以收藏溥儒、黃君璧、張大千各大家的畫，就都以百幅計，而你卸任時也『三十載身無一畫歸』，可算先後輝映了。」

出包公祠，遊覽車再沿梅山路向東駛，一會兒就到了「包公墓」。祠爲包公誕生及讀書所在，墓則爲他逝於開封，六年後還葬故鄉東村，離合肥城七公里半，他死後百餘年，一代清官的墓地卻「丘封荒頹，宰木剪拔，擔夫牧豎往來莫禁，甚者至蹊其墓田，欲奪而有之」。幸得當時合肥縣令潘友文，教育局長（教授）丁端祖，又重修了一次，那一次是宋慶元五年（一一九九）。

近八百年後的「文革」，包墓再度遭受破壞。直到一九七三年，得包玉剛的資助，才重修包公墓園，遷安包公遺骨，而且在包墓內出土了墓志銘和部分陪葬物。

我們站在一處鐵欄邊照相，欄內有一株古柏參天，還有一方巨石，上刻「包公墓園」四字，以爲這兒就是墓地，誰知轉一個彎，才知道墓園之爲大，完全出乎我們意料以外。

宋代慶元五年那次修包墓，歷史上留得有紀錄，「周垣方一百五十五步」。一步爲七十五公分長。相當於一百一十六公尺，面積爲一萬三千五百平方公尺，約今四千一百坪。而現在新修的墓園，面積達三公頃，幾近九千一百坪，擴展了一倍多，而且四周築有圍牆，暗紅色的牆垣，上覆黑色琉璃瓦，園內綠茵匝地，樹木參差，倍增肅穆寧靜的氣氛，身入園內，便有肅然起敬的感覺油然而生。

一進門便是一堵高四點二公尺，寬十公尺半的照壁，石刻楷書「包孝肅公墓園」。轉過照壁入園，經過高達六點四公尺高的子母雙石闕，正當中便是花岡岩鋪成的平平直直的「神道」，神道南側便有一方龜趺螭首的神道碑。沿神道往前走，先進入三開間兩進深的「神門」，神門過去更有神道直達「享堂」，道旁設有望柱、石虎、石羊、文官武將的石人所組成的石刻群。

享堂爲五開間，有三進深，神龕中供有「宋樞密副使包孝肅公拯」的神主。出了享堂，便見到了在陽光下巍然矗立的包公墓。這座墓成平頂的金字塔形，每邊長十五公尺，高五點二公尺，從臺灣遠道來謁墓的男女畫家，自動排成一列，向歷史上的這位賢臣行三鞠躬禮，以表達我們最大的敬意。

包公墓側還有「附葬區」，葬有包公夫人董氏以及長子嫡孫墓五座。我們原以爲包公的棺木就在墓土下，地陪卻引領我們走下白玉石欄的臺階，從側門進入包公墓底的長長甬道。

甬道頂爲弧形，連甬道底都用整塊的花崗岩砌就，原是運送靈柩進入墓室的經路，由於設置了龍頭架的路燈，和增設了通氣孔，所以並不陰沈，但深入地下，總還是有潮潮潤潤的感覺。

墓室中一處方室，中間有四四方方一處石平臺，蓋石上刻著篆體「宋樞密副使贈禮部尚書孝肅包公墓銘」；再向裏面，墓室門用鐵欄門關住，室內石架上一具黑漆的金絲楠木棺材，便是包公的遺骨所在。

據地陪說，遷安遺骨時，原棺已經腐朽，在四川的一位包氏後人，聽說此事，特將他在深山中發現的一株金絲楠木獻給墓園，造成的棺具，長兩點四公尺，可以千年而不朽。安徽省文物考古研究所當年改安遺骨時，發現原棺中因時間久遠，遺骨僅得三十五片，都拍成彩色照片，說明骨名，仔細用墨水筆寫出改安與撿骨的經過，放在一個大相框內，陳列在墓室中。

我對楹聯匾額頗有偏愛，名勝古蹟處的長聯來不及抄，便用相機拍攝，省時省力。這次晉謁包祠包墓，獨喜清代王均的橫匾「爲政者師」，也就是岳武穆所說，要天下太平，必須「文官不愛錢」，道理雖然簡單，能實實在在做到，卻不大容易。

包公爲後人崇拜，遠逾了「君子之澤，五世而斬」，便因爲他除了「廉」以外，還有「明不可欺，剛不可撓，公不可干以私」。所以，八百多年以來，「士民聞其風采，猶知起敬起畏」。

同行的臺灣企業家侯萬蟾先生，親謁包公祠墓以後，油然興起「當如是也」的雄心壯志，鑒於包公在臺灣備受尊敬，他想以自己在臺南縣北門鄉的兩甲私地，興建一座包公祠，命名爲「臺南開封府」。浩天兄和我都鼓掌贊成；我而且建議，祠成之日，可以商請合肥的「包拯墓園管理處」，請求分安靈骨一片，以金匱玉函、水晶爲面，恭迎到臺灣的「孝肅宮」，這和佛祖施捨舍利子與媽祖分神一般，會形成莫大的號召力，定會和臺北的行天宮一般香火鼎盛，爲萬民保佑正義與公平。

今年春行皖浙，能無意中晉謁嚮往已久的包祠，成爲此行最大收穫之一。

威震逍遙津

到了合肥市，地陪要領我們去遊覽的勝地中，儘管這是我頭一遭兒到這裏，有一處地名卻非常熟悉——逍遙津。

看過《三國演義》的人，一定都知道第六十七回的〈張遼威震逍遙津〉。喜歡國劇的朋友，一定也熟悉演曹操逼宮，令人髮指的那一齣戲「逍遙津」。

逍遙津就在合肥市，現在是一處大公園，這地名嘛，少說也有近一千八百年之久，中國的大都市北京、南京、西安、武漢，歷史上的名稱改了又改，變了又變，只有「逍遙津」一直綿延下來，絲毫不改。它的名聲如雷貫耳，立刻使人聯想起一千七百八十年前，在這裏發生過一次吳魏決定性會戰，打垮了孫權固淮保江的雄圖，失去了穩固江山的戰略地位，及至四十九年後，魏滅蜀以後，形成順流而下的優勢，只十七年，吳主孫皓也就追隨劉禪投降滅國了。

歐陽修〈醉翁亭記〉說，「環滁皆山也」。用在合肥，可以改成「環市皆河也」。合肥市西有黑池壩，南有西山、銀河、包河三處因河修建的公園；北面和東面有南淝河蜿蜒而過，形成天然的護城河，而逍遙津公園正在東北角，介乎環城北路與環城東路的中間，很大一片湖水，可供遊人泛舟，其中有水榭、牡丹亭、逍遙墅，兒童樂園以外，合肥動物園也在裏面。

我們從西大門進園，這時正值綠柳依依，百花燦燦的時節，但眾多的遊人都集中到逍遙墅四周的湖面划船去了。花卉區這邊遊客不多，最最使人出於意料以外的，這裏爲張遼豎立了一座銅像。

這座銅像的張遼頂盔貫甲，盔纓飄揚，凝神前視，英姿爽颯，身佩砍劍，右手持長柄砍刀，左手勒韁；跨下一騎駿馬更是十分傳神，一般紀念英雄的雕像，坐騎或挺立，或躍起，才顯得英雄的高大威武與騎術精湛；而張遼銅像的馬，卻四肢彎曲，使張遼矮下來一截，馬的右前蹄懸空掀起，馬頭微俯，好像正奮力從落進的爛泥坑中掙扎出來。

羅貫中的《三國演義》，影響了世世代代中國人的觀念，莫不重正統的劉蜀，輕孫吳而恨曹魏，小說如此，戲劇、鼓詞、說書也莫不如此，羅貫中將劉備那一方面的文臣武將，著力描寫，加以渲染，關、張、趙、馬、黃五虎上將，個個萬人無敵；曹操麾下，只寫典韋很成功，許褚次之，其他大將都故意略過，至於官拜晉陽侯的大將張遼，雖然在陳壽筆下，作戰驍勇，栩栩如生，也得不到羅貫中的青睞。

《三國志・十七》首先介紹張遼，敘述他迎擊孫權大戰逍遙津這一役，以八百人敵十萬眾，生氣勃勃，足可與太史公〈項羽本紀〉垓下之戰差堪比擬：

於是遼夜募敢從之士，得八百人，椎牛饗將士，明日大戰。平旦，遼被甲持戟，先登陷陳，殺數十人，斬二將，大呼自名，衝壘入，至權麾下。權大驚，眾不知所為，走登高冢，以長戟自守。遼叱權下戰，權不敢動，望見遼所將眾少，乃聚圍遼數重。遼左右麾圍，直前急擊，圍開，遼將麾下數十人得出，餘眾號呼曰：「將軍棄我乎！」遼復還突圍，拔出餘眾。權人馬皆披靡，無敢當者。自旦戰至日中，吳人奪氣，還修守備，眾心乃安，諸將咸服。

只是，陳壽敘述「孫權率十萬眾圍合肥」，卻沒有寫出後來「權守合肥十餘日，城不可拔，乃引退」的原因。這一點倒是羅貫中把它交代得清清楚楚：

樂進詐敗而走。甘寧招呼呂蒙一齊引軍趕去。孫權在第二隊，聽得前軍得勝，催兵行至逍遙津北，忽聞連珠砲響，左邊張遼一軍殺來，右邊李典一軍殺來。孫權大驚，急令人喚呂蒙、甘寧回救時，張遼兵已到。凌統手下，止有三百餘騎，當不得曹軍勢如山倒。凌統大呼曰：「主公何不速渡小師橋？」言未畢，張遼引二千餘騎，當先殺至。凌統翻身死戰。孫權縱馬上橋，橋南已折丈餘，並無一片板。孫權驚得手足無措。牙將谷利大呼曰：「主公可將馬退後，再放馬向前，跳過橋去。」孫權收回馬來有三丈餘遠，然後縱轡加鞭。那馬一跳飛過橋南。孫權跳過橋南，徐盛、董襲駕舟相迎。凌統、谷利抵住張遼。甘寧、呂蒙引軍回救，卻被樂進從後追來，李典又截住廝殺，吳兵折了大半。凌統所領三百餘人盡被殺死。統身中數槍，殺到橋邊，橋已折斷，遶河而逃。孫權在舟中望見，急令董襲掉舟接之，乃得渡回。呂蒙、甘寧皆死命逃過河南。這一陣殺得江南人人害怕；聞張遼大名，小兒也不敢夜啼。

陳壽所沒有敍述險擒孫權的一段作戰經過，總算有羅貫中補足了，「逍遙津」這處地名便進入了歷史，一直相傳到今天。

然而，小說家有些地方，只求寫得暢快，卻不合乎史實。「忽聞連珠砲響」更是笑話，火藥雖爲中國人所發明，但三國時代還沒有排上戰爭的用場，羅貫中以今料古，就有此神來之筆了。

我這次到了合肥，親訪逍遙津公園，才知道羅貫中下筆時可能沒有作過「田野調查」，而且毫無方向感。從地形上看，合肥四面是水，孫權要攻下據守的合肥城，不論從東南或從北面攻城，都要渡河兩次，大軍敵前渡河是作戰最最忌諱而無法著力的階段，何況要渡兩次。北面要先渡板橋河，再渡南淝河，而東南面則要先渡南淝河，再渡護城河。

因此，順理成章，東北部的逍遙津，形成了合肥城「軟弱的小腹」，成爲進攻的方向。只要渡過南淝河，就進了合肥城，何況這裏有一道橋（張遼出兵迎擊孫軍，便經由這一條橋），過橋進入逍遙津，這一帶爲平坦廣闊的沼澤地帶，利於騎兵大兵團的集結衝刺。所以孫權便從這裏猛撲逍遙津。

張遼也料到孫權會從這裏來，並不將河橋拆掉，而要誘敵深入後，派潛伏的水兵斷一段橋，截斷敵軍歸路，而將曹軍主力集中在逍遙津兩側，俟敵軍進來三分之一，便先截敵人後路，來一個河岸灘頭的殲滅戰。這一仗孫權中計，幾幾乎被擒。過河的吳軍後無退路，遭殲滅得片甲不留，「殺得江南人人害怕，聞張遼大名，小兒也不敢夜啼」。

孫權率軍渡河而南，羅貫中寫「催兵行至逍遙津北」，這很正確，但要退回吳軍陣地，必須回頭過橋向北逃才是道理，怎麼反向「跳過橋南」，那豈不是反而跳進合肥城區，進入預伏的曹軍手裏？由此可見羅貫中的地理常識，趕不上他的文筆高明。而萬千讀者連我在內，都被他的描寫弄得暈暈忽忽，分不清這一戰的南北東西，若非親臨逍遙津，眞會被他唬了一輩子。

至於這一條橋，現在已經沒有了，羅貫中說是「小師橋」；《吳書・江表傳》上作「津橋」，也稱「逍遙橋」；《古今圖書集成》則說「在明教臺東」，名「飛騎橋」。

張遼和樂進率騎兵夾擊渡橋的吳軍時，曾見到孫權而不認識，問投降的吳兵：

「一個紫鬍鬚將軍，上身長，下身短，馬騎得好，箭射得準，他是甚麼人？」吳兵說：

「那就是孫會稽呀！」

張遼樂進相遇，說早怎麼不知道，兩將再追時，孫權已逃回去了，坐失最大戰機，使得曹軍雖大勝而「舉軍歎恨」。

按理說，張遼與逍遙津應該名傳千古，在中國人間留下深刻的印象了。事實上，國劇卻抹黑了他們，把曹操午門劍劈穆順、丹墀棒死伏后、抄殺伏相滿門、毒酖獻帝皇子的這一齣戲，平白取名爲「逍遙津」，一開始便以張遼做引子，自稱「權門爲鷹犬，不把聖主扶」，要「相請文武兩班，欲將龍床推倒，扶保曹丞相登基」。而引出了使萬千觀衆恨得牙癢癢的一齣歷史悲劇。

逍遙津一役發生在漢建安十九年（二一四）秋七月，當時曹操人在漢中，並不在合肥，作戰後到戰地視察，對張遼大加讚勉，拜他爲「征東將軍」，而在十月，從合肥回到許都；十一月就發生了「伏后廢，黜死，兄弟皆伏法」的大案。

張遼升爲伏東將軍，自然很可能還是守鎮合肥，不會在十月隨曹操還許都，十一月分發生「劍劈穆順、打死伏后」這一段事，歷史上也沒有張遼涉及的記載。而國劇中無端把張遼當成「擁曹登基」的首謀分子，還把他一生最光榮戰役的「逍遙津」，用作這一齣戲的戲名，未免厚誣古人。

可是合肥人明辨是非，熟諳歷史，他們爲張遼平反，在逍遙津爲他立像鑄銅，雪了千古的毀謗，還了一員名將的清白。

到過逍遙津，細查了各項史實，我覺得，國劇界的朋友，該把「逍遙津」這齣戲改名爲「曹操逼宮」了。

進蘇聯

從理論上說，在新加坡樟宜機場熱呼呼的夜色中，登上「蘇聯」航空公司 SU-560 這班直飛莫斯科的噴射客機，就已經是有生第一遭兒踏上蘇聯的國土了。

在波音七四七以及 DC-10 這些雲集的巨型噴射客機中，蘇航這架伊留申六二客機並不起眼，銀白色藍線條細長的機身很像波音七〇七，可是機身後段的造型卻非常特殊，四個發動機一邊兩個緊緊挨在後段，一字兒排開，就像機身加掛了四個外油箱，尾巴卻翹得高高的，空官二十七期的韓務本告訴我，水平安定面高飛行性能很平穩；我們從新加坡經杜拜飛莫斯科，來回一趟去列寧格勒，以及再由莫斯科飛華沙，都乘坐很像 DC-10（或者也可以說，DC-10 很像它）的 TU-154 三發動機噴射客機，水平安定面也高高在上，似乎這是蘇聯客機設計的一種特色；飛行途中，果然它們的安穩性並不下於任何客機。

一進機艙，按登機證號碼找自己的座位便傻了眼，兩邊座椅上竟沒有排號，經過空服員指點，要閣下來一個「擡望眼」，號碼就在機艙天花板那兒掛著呢。這才知道，果然進了一個行事制度各有一套的國家了。

大致上說，一般客機機艙的燈光非常「柔和」，而蘇航客機中的照明，卻當得起「明亮」兩個字，使人精神一振。只是一條狹窄的過道中，兩邊各排都是三個座位，似乎擠得麻麻密密，但還居然坐得下去，而座椅背的設計，簡單卻很實用，前面座位的靠背，只有薄薄一層塑膠布與網袋，因此閣下的膝頭就多出了五公分的空間可供迴旋而不抵到了，便覺得還不擠嘛。

坐噴射客機飛長途的人，都有「美人塡鴨」的經驗。起飛後，點心、飲料、酒類、正餐，一道跟一道來；十來個空中小姐穿花蝴蝶般來來往往，細語殷殷，笑靨盈盈。而這些女孩兒都很年輕。年輕的體態特點便是腰細，我坐過「韓航」與「泰航」，它們的空服員大都柳腰兒才一搦，經過身邊，少不了要對這種小蠻腰多盯上兩眼。

坐上蘇航客機，這才發覺機上攏總一共才三個空中小姐，個個人高馬大，壯碩且美，棕髮碧睛，皮膚白皙，機艙裏雖然先播俄語，再播英語，她們卻似乎個個正經八百，不帶笑容，只會說幾個簡單的英語詞兒，有時得靠手指指點點，才要到自己所要的東西。

這種依留申六二客機的中間過道，眞正很窄，窄得大塊頭的乘客都要側身而過。每次進餐，我們擔心這三位空服員的通行，更擔心那輛餐車，它的寬度似乎剛剛比走道只窄一點點，幾幾乎間不容指，身披廚裙的空中小姐推過，居然沒有擦到座椅，這也是一絕。不過坐在邊座的人，腳如果略略放在走道上，卻篤定會被餐車輪壓到。

使我吃驚的是，這一輛輛的鋁餐車邊框上，竟有上上下下十來條膠帶貼過的餘帶猶存，難道餐車沒有門扣，而要靠膠布來黏？可端出來的菜餚，味道也還不錯，尤其使人欣賞的，竟有一小盒水果冷盤，有去殼的白白荔枝肉、西瓜、木瓜這些熱帶水果，往氣溫才攝氏十三度的莫斯科飛而能吃到這些，可能是熱帶航空公司餐飲廚房的供應吧；餐後還有新鮮的「香吉士」，果皮上果然有澳洲的戳記可以證明。

客機以八百三十公里的時速，高飛在一萬二千公尺上，因爲有空調的設備，機艙內並沒有甚麼感覺，會覺得機艙外已達攝氏零下四十度。只是長夜漫漫，入睡前，身上總得蓋上點甚麼才成。蘇航客機內有色彩鮮豔十分柔軟的毛毯，可都擺在頭上的貯物格內，請您自個兒去爭先取用吧，空服員是不管這一檔子事的，她們三個人，光是伺候一百六十八名乘客吃上三餐就夠累的了。

旅行飛長途的苦惱之一，便是要方便時間不便。蘇航客機的洗手間還算夠用。它在機艙後段，進去以後，便覺得艙壁上承受了強大氣流的衝擊，呼嘯聲使人膽戰心驚，唯恐這兒一破，人給吸了出去；到後來才悟出，它四個噴射發動機都集中在一塊兒向後猛噴嘛，難怪比其他客機發動機遠遠吊在機翼下的聲音大得多了。

洗手間裏的設備很齊全，居然還備得有男人刮臉後的香水。只是衞生紙竟裁成四正四方的一小疊，紙質並不軟，要搓搓扭扭得起皺軟化了才能發揮功能。洛夫拿了幾張出來給我們示範，才使大家開了竅。

年輕時，我熟悉蘇聯的一支歌，開始時的一句便是「我們祖國多麼遼闊廣大……」，飛到蘇聯領土上，才領悟出這句話的不虛。往下面看，所要降落的機場四周，竟都是莽莽綠原與片片森林，空蕩蕩的幾乎沒有甚麼農莊家宅與人煙；飛機落地時，在長跑道上落得順順當當，似乎才用了二分之一的長度；終於，我們降落在這個國度的土地上了；只是，全機卻沒有客機落地時，乘客爲了 happy landing 而歡喜的鼓掌聲，這個天然資源極爲豐富的國家，八成兒也是一個節約能源極其儉省的國家。因爲飛機一停在機坪上，機長便立刻關機，空調、燈光、音響全沒有了；機場也沒有空橋，乘客得提著大包小裹的行李，從暗暗的機艙中走下機梯，在寒意襲人的陰暗曙色中，走到一輛「迎賓」的轉運車上，駛到遠遠的機場站臺上去。

作入境檢查，世界各國都一致，只有站在莫斯科機場的入境臺前，卻禁不住心裏發毛，因爲你面對著一個高高的櫃臺，後面坐著一個穿制服的年輕官員，藍眼珠冷冷地盯著你，一言不發，又盯著他座位前的電腦顯示器，不時在護照上沈吟，翻過來覆過去，而你腦袋後方上面，有一塊斜置的寬鏡條，他可以看到你身後的一切，連手提行李，你穿的衣服與鞋襪都一清二楚，似乎有一股子涼颼颼的冷風從脖子裏往下灌；我不知道他用的哪一種名牌電腦，反正足足有八九分鐘，才讓我通過，這才使人鬆了一口氣。

大概還沒到辦公時間，機場行李大廳裏燈光很少，雖然不算冷，卻有股子冷森森空洞洞的味道。找到了擺放行李推車的位置，我們的「全陪」奉上「萬寶路」香菸兩條（路過杜拜機場買的，信不信由你，七美元一條），管理員才撥發了十五架行李推車，由我們推了隨身行李，到行李旋轉帶前去等候大行李。

只有在莫斯科國際機場這一次候行李的經驗，這才知道咱們中正國際機場運作效率之高。我們這一團人星期六回國，作公務通關下樓，前後不過十分鐘，而我們隨機的大行李已經一箱箱一捆捆在旋轉臺上吐出來了。

而在莫斯科機場，我們等候行李的時間不是兩個十分鐘、三個十分鐘，而是前前後後足足苦等了十二個十分鐘，足夠從臺北來回飛一趟高雄的了。

蘇聯國際機場的行李轉運臺，不是一個大圓盤，而是一條一公尺多寬彎彎曲曲的輸送道，設計得很不錯，同樣的大廳面積可以容納更多取行李的乘客，只是它老半天都不開動，大夥兒只有在旁邊站的站，坐的坐，聊的聊，抽菸的抽菸痴痴的等，或者用俄文廣告做背景，拍第一張到蘇聯的照片，或者在貨品寥寥還沒開門的機場免稅店邊逛逛。

也不知等了多久，轟然一聲，行李輸送帶動了，大家精神抖擻趕到旁邊，還沒有一兩口箱子從輸送口出來，它又不動了；沒說的，再等吧。一會兒它又動了，斷斷續續把行李吐出來，有一兩件大件的，在轉彎時還摔落到了架臺下；我們行李還沒有出齊，它又停啦。

有人從輸送口的橡皮遮口帶下往外探看，說是這一車行李裝錯啦，又開回到飛機邊去重裝了。噴射時代嘛，早餐在紐約，午餐在倫敦，晚餐在羅馬，行李卻在里約熱內盧。行李能件我們飛到莫斯科，就已經上上大吉了，再等等也值得嘛。

莫斯科地域之大，光是飛機場便有四處，這個謝利比契佛第二機場是國際機場，地下出門這層大廳，天花板裝飾竟是清一色的古銅色金屬圈，一筒筒連綿不斷，沒有燈光下，一片生生硬硬冷冷清清陰陰暗暗壓在頭上，重甸甸地十分使人不舒服。

趕到機場門外，在襲人的寒意中上了遊覽車，這才有心情在曉色中開始瀏覽四週的景色。

蘇聯，我們來了。

——七十九年九月二日　中央日報副刊

列寧格勒訪杜居

蘇航噴射客機只半天的飛行，便把我們從熱帶送到了寒帶邊緣，七月二十五日夜在新加坡上機時，室外氣溫三十度，飛到聯合大公國的杜拜機場落地，機長廣播雖然已是半夜十二點啦，室外氣溫爲攝氏三十九度，眞不知道大白天時，這兒氣溫會高到怎麼程度，怎麼受得了。可是一飛到莫斯科，下飛機就有肅殺的秋意，攝氏十三度，而飛到列寧格勒，更有初冬的意味，夜來一場小雨，翌晨氣溫低到了十度，連披上薄薄的外套，都覺得寒意沁人了。

列寧格勒（那時還沒有復原爲「聖彼得堡」）與莫斯科截然不同，它是彼得大帝爲了抵禦海上來侵的瑞典人，而親手擘畫的京城所在，氣象恢宏，規模雄偉，他把面對芬蘭灣上的七個海島，用橋樑連結爲一體，從一七〇三年（清康熙四十二年）起大興土木建都，每年雖只有幾個月的工作天，要與海濤、沼澤、瘴氣搏鬥，死了十萬工人，不到九年便遷都到這裏，從一七一二年到一九一八年這整整的兩百零六年中，都是俄國的首都，人文薈萃，歌舞繁華，這處北方威尼斯的「白夜」城，是一個十足的海洋都市。人從莫斯科來，見到這裏的如矢馳道和巍峨宮殿，以及一望無際的海濤風浪，胸懷便廓然開朗起來，如果觀光客要在蘇聯選擇一處居留較久、細細流連的都市，在莫斯科與列寧格勒之間，都會毫不猶豫選上後者。

我們參觀過冬宮與「遁菴」（或譯「隱士廬」）博物館、彼得保羅要塞這幾處勝地以後，覺得意猶未盡，要求「地陪」烏格小姐引領我們去參觀普希金和杜思妥也夫斯基的博物館。

烏格小姐白白胖胖，團團的面孔，氣色紅潤，戴著棕黑色大圓框眼鏡，纏著黑地黃條絲巾，暗色的秋裝裹得很臃腫，背著一個草黃色皮包，提著一把彩虹摺傘，十分顯眼，但聲音卻清脆得像童女，她畢業於莫斯科大學，是「蘇聯旅遊局」的公務員，聽到我們這一團人的要求，既驚且喜；沒想到臺北來的觀光客，居然要參觀他們文學家的博物館。不過，她很爲難地搖了搖頭，七月二十九日是星期天，博物館可能休館，怕難辦到。

去年，我們萬里迢迢到了巴黎的羅浮宮，正好星期二休館，悵然若失，只有在廣場上貝聿銘設計的金字塔玻璃館前照相，算是到此一遊。那一次，我深切體會到「如入寶山空手回」的悵惘與失落，沒想到今年來故俄帝都，又是這麼不湊巧。

「全陪」陳景圓小姐是畫家，對俄國這位名小說家七個字兒的大名不太熟，傳譯時「吃螺絲」。有人就以「觸類旁通」的記憶法教她一招：

「妳就說『都市脫衣服司機』得啦。」

這句話引得全車轟然大笑，但卻非常有效，任何人這麼一想，保證琅琅上口，十分順暢，錯不了。

第二天早上，烏格小姐卻給我們帶來了好消息，今天的參觀行程上，可以領我們去普希金或者杜思妥也夫斯基的博物館參觀，但由於時間關係，只能去一處地方。

我們這一團人，詩人有五六位，當然想參觀普希金博物館，可是其他二十來個人，都希望看看杜氏這位十九世紀名小說家的故宅，少數服從多數，專車便在下午駛到了杜氏當年所居住的地下室門口。

讀杜思妥也夫斯基《地下室手記》多年了，現在才眞正見到了他的住處，這裏並不是我們想像中湫隘、潮溼、擁擠、黑暗的處所，也不是在一條街中間走下去的一處地下室。杜氏家居地下室的開口處，恰恰在一條十字路口的轉角處，既不正沖大街，得豎上「泰山石敢當」碑，也沒有阻擋來來往往的「財路」，雖然「屈居人下」，但是風水並不「閉塞」。

他住處的這兩條街，街旁的四樓建築，看得出還是帝俄時代的房屋沒錯，方石上再鋪瀝青的馬路兩旁，停滿了汽車，如果你在想像中，這兒都是煤氣燈、馬拉的四輪大車和兩輪客馬車，到了冬天冰雪滿街，又都成了雪橇車，便可以推測出杜氏當年的居住環境來了。

在十九世紀的歐美小說中，新舊大陸間城市中的最大差異，便是歐洲的城市中，由於多用石塊鋪街，雖則雨雪期中，會造成路水溢漫，但卻很少有泥濘；反觀美國在同一時期的小說，大都市以外的城鎮，大街上車轍與泥濘幾幾乎是典型的背景。

杜氏的故居門口，掛了一幅他的大照片，不過他在故國，卻遠不及風流倜儻的普希金風光，在列寧格勒立得有銅像，但在俄國以外，卻對杜氏有極高的評價，《大英百科》所出的「西方經典名著」中，俄國文學家只收了托爾斯泰與杜思妥也夫斯基兩個人，其餘的像戈果里與屠格涅夫這些大家都「比下去了」。

這處地下室面積並不狹窄，儘管看不出幾房幾廳，但面積總在一百十五坪左右，要不然也不能成爲「館」來紀念他了，裏面的陳設，按理說應該「一仍舊況」，但以杜氏寫作的書桌來說，館裏所擺設的這一張，就遠不及參觀說明書上的精緻。

館內最引人注目的當然是他的照片與原稿，除開他的個人照片與合照以外，由於沒有英文說明，有一些女人照片，便分不清楚哪一位是他的鮮卑利亞結髮，哪一位是他後來添香侍讀的紅粉知己了。

杜思妥也夫斯基的稿件，全部用手寫成，你可以想像出近一百五十年前，他窩在斗室中，窗外風雪漫天，封門的積雪盈尺，朔風哀勁，他在爐火邊就著煤油燈，呵著凍得發僵的手指頭，用鵝毛筆滔滔湧湧傾寫出內心中波瀾澎湃的感情，而這一寫就是一輩子的工夫，三十七年的奉獻。不說寫這幾百萬字了，中文內，翻譯的杜氏著作——除開《莎翁全集》以外，就數以他的作品爲最多，三十二開本高達三十多公分，中國人仔仔細細完全拜讀過的人，恐怕扳著手指頭都數得出來，連捧得有他這些心血結晶，就算是對文學的有心人了。

我們在他的手稿中，發現了他另一種筆底功力——素描——人像素描，也許這是他心目中的人物造型，有的畫一個全身輪廓，有些則畫在稿紙的中央，一段一段的文字就圍著人像兜圈圈，其中一個人像很像小他七歲的托爾斯泰。

據韓務本說，他看到了把他解往鮮卑利亞的腳鐐手銬，但我根據索忍尼辛在《古拉格群島》中的敍述，杜氏發解時，還有皮衣在身呢；而在皇朝時代，對「政治犯」也禮遇三分，比起史達林時代的殘酷起解要好得多了。我們又在一個鏡框中，發現一些有面額的票子，當然不會是鈔票，會不會是他晚年的「當票」呢？搞不懂。四十年的隔絕，一旦到了蘇聯，就後悔自己沒有學俄文，最低限度應該知道三十六個字母的發音，人地名才拼得出來啊，而今，面對著這一代文學大家的家居種切，只能心儀頂禮，其餘便全是鴨子聽打雷了。

我國對杜氏作品的翻譯不遺餘力，可是對他的一生卻有些以訛傳訛，也有不少誤解。俄國大作家中有軍人經歷的有三人；托爾斯泰與索忍尼辛，都以預官役在砲兵中服役過，而杜思妥也夫斯基則是科班出身的工兵科，受過四年完整的養成教育，是「正途」出身的工兵軍官，不過他在陸軍工兵學校求學時，一名同學對他的印象爲「高高在上，落落寡合，從不參加同學的娛樂活動，總是在一個角落上看他的書」。

不過，我們的翻譯人，有些譯得正確，指出他是工兵軍官，也還有一些人搞擰了，說他是兵工。「工兵」（military engineer）與「兵工」（ordnance）完全不同，前者是戰鬥兵科，後者是勤務兵科，職掌與功能截然有別，十九世紀的工兵，著重在要塞施工、橋樑建造、大地測量，需要很高的工程水準，至今仍是高品質兵科之一，與製造軍火、修理武器車輛高技術水準的兵工部隊，完完全全是兩碼子事，工兵與兵工，並不能隨便調換稱呼，正如湖南與南湖有天淵的差別，相差不可以道里計。

其次，杜思妥也夫斯基患有遺傳的癲癇症，國內許多介紹杜氏的文字中，很少有人提到這一點。而這卻可能是他在官校畢業任職少尉兩年後，辭官而就筆的原因之一。癲癇症在報考官校體格檢查時不容易檢查出來，受訓期間，也會受到隊職官與同學的掩護而畢業，但下部隊與進機關時，就難保了，因此，與其遭免職，還不如自己辭職爲高。他辭職的理由也很牽強，說「沒有錢購買便服」。十九世紀的帝俄軍官，待遇不應當太差，何況軍服更是當時年輕人一種引以爲榮的服裝，這只是一種藉口罷了，美國西點陸軍官校，以遭開除的學生愛倫坡（Allan Poe）爲榮，爲他樹立了銅像，不知道蘇俄的工兵學校，有沒有爲杜氏這位大小說家立一塊碑？

杜氏後來由於參加「彼得雪夫斯基」組織（Petrashevsky Circle）而被捕，一般都說他已綁上刑場，正待槍決時，俄皇快馬傳召：

「刀下留人！」

才得以生還而發配鮮卑利亞。這一段渲染得活龍活現，其實，當時杜氏定罪後，判的就是「陪斬」（mock execution），必須到死刑場上走一遭，而並不是在場遇赦生還。

上面這三項鮮爲人知的事實，也許可以爲我們研究他的作品時，提出一些背景作參考的資料，從作者寫作的心理分析他人格的成長，多少有點幫助。

這次到列寧格勒，嚐到了聞名已久的生鮮魚子醬，品到了有樺木香味兒入口火辣辣的伏特加酒，但我認爲列市最醇最雅而能傳諸久遠的所在，還是迄今散發墨醇紙香的杜思妥也夫斯基故居。

——七十九年十月　幼獅文藝

蕭邦故居

八十年夏天，正是波蘭大音樂家蕭邦（Frederic Francois Chopin）誕生的一百八十週年，我們一行二十六人，從臺北去訪問他的故鄉與故居。

到蘇聯與東歐觀光，最好宜由東往西走，一路上國家越來越富庶，人民越來越活潑，車輛越來越花稍，生氣越來越蓬勃，眞使人有「倒啖甘蔗」的漸入佳境感。

客機從列寧格勒飛到華沙機場，立刻感到了氣氛上與蘇聯不同的活力與溫暖，推著行李入境，經過波蘭國境木屋的海關窗口，地上既沒有劃止步的白線，也沒有水泥與鋼窗的陰森氣息，關員咧開嘴歡迎我們，略爲一瞥我們遞過的護照，便一戳蓋下去，二話不說就擺手讓我們過關，這麼容易，就進入一個東歐的國家了。

我們在列寧格勒（現在是聖彼得堡了）時，要求當地「地陪」帶我們去看普希金和杜思妥也夫斯基的故居，她面露十分驚奇；在她心目中，「夏宮」博物館要比這兩個作家重要得多了，似乎還不了解文學家的一枝筆無遠弗屆、無敵不摧的力量，竟能深深吸引萬里北來的一群中國人。而在華沙，引領我們的這位「地陪」太太，也許是年齡的成熟，也許是對自己國家文化的認識很深，她首先引領我們，先看市內的居禮夫人故居，然後又帶車開到郊區的采拉左瓦佛拉（Zelazowa Wola），去訪問蕭邦的故居。

我在居禮夫人故居的留言册上，寫上中文：

「波蘭有居禮夫人、蕭邦與若望保祿二世，便足以不朽。」

站在我後面等著簽名的黃秀日夫人——張麟徵教授嗔道：

「你怎麼寫這麼久！」

其實，這只是一個拜讀過傳記人的真心話啊。

縱令我們此行能去梵諦岡，也沒有機會覲見天主教教宗若望保祿二世，但我們卻能一訪樂仙蕭邦的故居，便足以不虛此行了。

車到波蘭市外一處鐵欄圍繞的樹林邊緣停了下來，園外的一座長方巨型花岡岩上，便有長髮的蕭邦身披披風蹲坐支頤的沈思銅像。走進園門，竟是一大片樹林，合抱的栗樹夾道而立，濃蔭匝地，蟬鳴如雨，路側的一片綠萍滿滿的池塘，想必夜晚定有蛙鼓聲聲吧。

這一片酷似江南的園林，盡頭深處，便是一幢並不起眼的兩樓居室，百年以前，該稱得上是鄉居邸宅了。

這幢樓房每間房都是木質地板，從稀疏的木紋上看，似乎是杉木，而不是紋理細密的櫸木和檜木，地板上再加一方波斯地毯，這對彈奏的音效有極好的效果。

房間中的陳設也很簡略樸素，但使人驚訝的是，不足百坪的住宅中，竟有四間鋼琴室，而每一間中的鋼琴又各自不同。頭一間房中最爲搶眼的便是一具（恕我不用時下流行的和化量詞「臺」）「直立式鋼琴」（upright piano），這也可能是造型頗古，爲時已久的一具，琴絃架極像是一具豎琴，這架琴的左面牆上，還有蕭邦所作的裝框樂譜，可能是他利用這具鋼琴啓發了的靈感。琴左下方，還放了一具滅火機防患未然。

另外三個房間中，各有一具「平臺式鋼琴」（grand piano），從鋼琴的顏色上，看得出製造時間的久遠，棕色的第二具，看得出正面不寬，琴鍵也一定少，屬於小型（baby grand piano），只能供練習用。這具鋼琴的前面，掛了一具形式古拙的木柱方鐘，滴答的鐘聲正細數著已逝的百年時光。

再過來這間房的鋼琴，就屬於音樂演奏的「大型」（concert grand piano）鋼琴了，棕色原紋的桃花心木琴臺架上，擺一枝四燭燭架，琴側牆上，也是一具古老的掛鐘，不過這具鐘的時間走得不準，它還是兩點鐘，實際上已是下午三點了。

最大的這一架平臺式鋼琴，配在最大一間琴室裏，黑油油發亮的琴身，七組鍵盤，使人豔羨，百年前就有這麼好的鋼琴了，陽光從琴左與琴前兩扇高窗中，隔著窗紗透進來，十分柔和，也是最理想的一間演奏室。

在這麼一幢古宅中，充滿了音樂氣氛，四具時代與型式各異的鋼琴，孕育出了一位不世出的鋼琴大師，他的一生也富於浪漫氣息，生日是一八一〇年（清嘉慶十五年）的二月二十二日，還是三月一日，都還有爭議。但這年卻是他誕生的一百八十年沒有錯，我們有幸在這一年來訪，看到他故宅「玄關」上面的木走廊上，放著一大瓶繫著彩帶的紅玫瑰，指出那就是他誕生的地點，而不是在宅中任何一間房內，也十分奇特。

他和莫札特一般，從小就有音樂的天分，八歲就公開演奏——要想在這有四具鋼琴的屋子裏不練琴，也根本不可能啊。八九歲以後就開始作曲，只是他在一八三〇年便離開了被普魯士、俄羅斯與奧地利瓜分的波蘭，流亡在巴黎，行前帶了一袋故國的泥土，提示自己是失根的人，他的這段小事，最悽然感人，於我心有戚戚焉。

他到了巴黎，七年之後，和年齡比他大的法國女小說家喬治桑（George Sand），有了文學史上最爲有名的一段轟轟烈烈的十年愛情。我問波蘭「地陪」的這位太太，蕭邦和

「女強人」喬治桑戀愛後，回過這兒來沒有，她悽然搖了搖頭。

不過，蕭邦有沒有回到異國統治下的故國並不要緊，他的作曲傳遍全世界，以多愁善感的詩人心，譜入他的作品裏，以琴譜詩，撼人心弦，無怪乎我們一行中蓉子、洛夫、向明、上官予、楊平幾位男女詩人，都坐在後院的白長椅上，屏息傾聽這幢綠色長春藤布滿的白室裏，流瀉出大珠小珠落玉盤的琤琤琴韻，不忍離開。

這位享年不永，三十九歲便以肺結核逝世在巴黎的音樂家，在故國備受愛戴，蕭邦公園與故居，是華沙觀光的勝地，最重要的，他留下的豐富作品，豐盈了整個世界。若問此行我的最大收穫是甚麼，那就是八張「國際蕭邦鋼琴大賽」的「激光唱片」（CD），他的樂音會陪伴著我，永遠永遠。

——八十二年七月　幼獅文藝

「好兵」故鄉布拉格

在燦爛的夏日朝陽中，我們開始坐上專車，要去遊覽布拉格市的風光了。這才知道本地的「地陪」——當地嚮導，竟是一位魁梧奇偉的約翰胡魯茲先生，大夥兒都不禁有點兒失望。因爲一路行來，都是小姐，在莫斯科陪我們的是一位珠圓玉潤的烏格小姐，進華沙爲略見憔悴的伊莎貝拉小姐，到東柏林卻又是一位風姿楚楚的蘇菲亞小姐了，她們都很熱忱幫助我們認識當地的風光，相處得很融洽，臨別時都不勝依依；蘇菲亞小姐在接受訪問團團長郭嗣汾致贈的禮品時，還很大方地摟住他，在他臉上親了一下，全車團員都轟然歡笑起來，預料我們的團長爲了保存這個香吻，以後兩個星期都不會洗臉了，副團長袁睽九便已在活動，想到捷克時擔任頒獎的工作，沒想到竟上來一個大鬍子，這一下出乎他意料以外，大家又大笑起來。袁睽九立刻改口，改推一位女副團長——丹扉擔任，丹扉也大大方方一口承諾：爲了投桃報李，致送禮品的差事，她來。

胡魯茲先生面色紅潤，蓄著一把唇髭，短袖白襯衫，暗色長褲，夾著一個可以揹的黑色棕邊皮包，戴著一副棕色寬框太陽鏡，抓起車上的微音器，便以重濁的英語自我介紹起來。一下子，我們便發覺這個捷克人學養豐富，可是有點兒性子急，他說的話快得同機關槍一般，還不容「全陪」——旅行團的全程嚮導——陳景圓小姐譯完，他又插嘴說起來，說完了還緊釘著：

「明白了沒有？明白了沒有？」

有時，他在一處文物勝景中，說到捷克的成就與光榮時，人事時地物，像纍纍串珠般傾洩出來，對我們這些聽傻了眼的觀光客，不禁無奈地抱怨上一句：

「爲什麼你們不了解我們的歷史文物？」

好問題，可是誰也答覆不了，如果到一處地方，先讀熟了那兒的地理、背景與史蹟，等於舊地重遊，該有多麼好，只是世界交通這麼便捷的今天，觀光的人誰會下那麼大的工夫去作行前的準備。爲了一兩天的勾留，猛啃上册的資料，那不是自討苦吃嗎？多累。

其實，我們對布拉格市的歷史也並不是一無所知，只是近四十年的隔絕，才使我們覺得生疏啊。

布拉格也像歐洲的許多大都市一般，沿著河流而成長。它位置在維爾辛發河（Vltava）的兩岸丘陵和臺地上。說起來非同小可，它的「舊城」，雖則才在一二三二年（宋理宗紹定五年）由溫瑟斯拉斯一世（Wenceslaus I）所建，但後來卻成爲神聖羅馬帝國的首都呢。因此在市區面積四百九十六方公里中，古蹟多達兩千多處。胡魯茲先生領著我們，只能蜻蜓點水，帶我們到一些重要的地點看看，像維爾辛發河上，在十四世紀興建，紀念查爾斯皇帝（在位三十二年，一三四六～一三七八）而命名的「查爾斯石橋」，造形雄渾，線條優美；而橋邊便是新古典式建築物的「國家劇院」。

他引領我們到了舊城廣場，場中便立著以身殉教的約翰胡斯（Jan Hus）雕像，廣場四週的小店和小販，由於我們這批觀光客而頓時熱鬧起來。

在參觀了「夏宮」後，迎面的聖維特斯（St. Vitus）大教堂，在夕暉中昂然矗立，它自從一三四四年（元順帝至正四年）興建，直到一九二九年才完成，歷時五百八十六年。仰望它的雙塔尖頂，襯映在碧空中，特別顯示出哥德式建築崇高巍峨的美；我沒有帶廣角鏡，十分抱憾地只拍攝了這座大教堂正門的上半，卻成爲此行中最美的收穫之一。然而在大教堂側，另外有一座灰灰暗暗並不起眼的小教堂，那卻是布拉格修建得最早的一座「聖喬治教堂」，距今將近一千年了，教堂堂楣上「喬治屠龍」的石雕，依然十分生動。

布拉格的文化生活非常聞名，莫札特住在這裏，他所指揮的「布拉格交響樂團」，便是在這兒首度演出，我們來遲了些，布拉格每年的春季音樂節，就有許多樂團在這裏演出；我便只有在李斯特曾經住過的居屋牆上銅像前留影作爲補償了。

在晚上，他引領我們，去參觀捷克的民族舞蹈。這處餐廳的一半是舞臺和舞池，另一半則排成行行的餐桌。使我大爲驚訝，也大爲欣喜的是，餐廳四週牆上的七八幅掛畫，以及舞臺背幕的圖案，竟完完全全都是捷克一部名小說的挿圖。

我向胡魯茲先生說：

「哈謝克（Jaroslav Hasek）的作品嘛！」

「你也知道哈謝克？」

胡魯茲先生似乎吃了一驚，眼睛在橙色鏡片後閃光。

「當然啦，」

我說道，然後迫不及待地提出我已在胸中盤桓了七八年的問題：

「告訴我，Svejk 這個名字，捷克話的發音是甚麼？」這下我可找對人了。

「謝維克（Shvayk）」，他又重複了一遍「謝維克！」

「謝維克！啊，謝謝你，謝謝你！」

捷克的民族舞蹈的確獨具陽剛與婀娜的特色，啤酒與牛肉更大快朵頤；然而我這一晚最最感到高興的是，一部名小說主人公的姓名，終於得到這個國家的人士向我正式念出來，知道中文該怎麼寫了；尤其感動的是，這是一個以自己國家小說家爲傲的民族，具見國民的文化底子多麼豐厚。

表演完了，觀光客紛紛離場時，我眞懊悔吃晚飯沒有帶照相機，只有連忙抓帶了照相機的向明出公差：

「拜託拜託，請你替我照一張相，以頭上這幅漫畫作背景。」

七十二年初，那時我剛譯完索忍尼辛《第一層地獄》不久，很想譯一本東歐的小說，卻苦於記不起書名中那個彆彆扭扭的人名，而當時外匯也沒有開放，託本地的書社買外國書，旣耗時又耗力，因此我便寫信給紐約市的汪班兄（筆名袁永，暢銷書《子夜行》與《成長路》的翻譯家），託他買一本名小說，書名開頭是「好兵……」（The Good Soldier）。

當年五月十七日，他就以航郵寄到了，也是一本名小說，書名也是《好兵》（*The Good Soldier*），蔡源煌先生也曾在《幼獅文藝》四〇一期（七十六年五月號）中，以「小說的敍事觀點」，討論過這本書，只是作者是英國的福特福特（Ford Madox Ford），並不是捷克人，與我過去瀏覽過的內容不大一樣。因此去函致謝後，也提到這件巧合。

汪班兒在哥倫比亞大學執教，他在上課時，向班上學生說到這則書名雷同的經過時，有一個學生知道我所要的這本書全名是*The Good Soldier Svejk*。他很興奮，立刻到紐約市坊間買到了這本小說，在七月十三日以航郵寄到，在我來說，眞是如獲至寶，興奮得謝了又謝，看了又看，翻了又翻。

中華民國的七〇年代初，正是經濟成長上路，民生富庶起來，也是暴發的社會，紛紛玩起「金錢遊戲」的時代，人人心裏存著如何立地致富，如何大把搞錢；影響所及，連文藝界也紛紛趕搭風行的「輕、薄、短、小」的班車，要想出這麼一部厚厚的長篇翻譯小說，出版家的興致都不高，因此這本書也就只有蹲在書架上，默默與我朝夕相對了。

又是一次出乎意料之外，今年初我居然在臺北市的書店裏，買到了這部小說的中譯本，書名爲《好兵帥克歷險記》，印刷、裝訂、揷畫都極爲精美，厚厚的兩册，共計九三三頁，我爲自己慶，覓覓尋尋中，得到了中文譯本；也爲出版界慶，已經從專務短薄的書籍迷思中醒覺了：沒有長篇小說、沒有文學全集與全譯本的國家，是不足以語文化的。

《好兵帥克歷險記》的翻譯人爲劉星燦先生，他用句對話之白之暢，爲當代譯壇所少見；尤其他自捷克文迻譯全書，更屬異數，我猜想他當是大陸的一位翻譯家。只是我有一點兒不明白，他爲甚麼把書中的主角 Svejk 譯成「帥克」？中文的每一個字兒都有意義，

「帥」在現代語文中，名詞爲統領師干的將帥，形容詞具有「俊俏、挺拔、神氣、英俊、瀟灑」諸義，而書中的主角，卻是一個邋邋遢遢，稀里糊塗，裝瘋賣傻，愛吹大牛，年已三四十歲，一個專門摸魚、拖死狗的營混子；用「帥」來作他的名，卻失去了「好兵」的反諷意味，總覺得有點不搭調。我不懂捷克文，不敢妄作斷評。但是八月初的這趟布拉格之旅，親耳聽到捷克知識分子的正確發音，那「帥克」這個名稱的譯法就更值得商榷了。

仔細看來，「歷險記」這三個字兒，似乎不會出自翻譯人，而是出版家爲了行銷而添上去的，與《湯姆歷險記》先後輝映。這兩本小說都寫的是小人物，「帥克」本是個被團管區認爲神經不健全而退伍的士兵，第一次大戰爆發，卻把他又徵了去，在這種「無可奈何」下，他在部隊中鑽縫子、找門路，就是不要上前線，捅出許許多多漏子……成功地塑造了一個兵油子的形象。譏諷了當時奧匈帝國的專橫和顢頇。而我認爲，這部一九二一年出版的政治諷刺長篇小說，影響了後來的美國小說家約瑟夫海勒（Joseph Heller），而在近四十年後，寫出了他的代表作《坑人二十二》（*Catch-22*），書中的主角饒撒連上尉（Yossarian），不就隱隱約約是這個阿兵哥「帥克」的影子麼。

《好兵》的作者哈謝克，一八八三年四月三十日生於布拉格，一九二三年元月三日病重去世，得年四十一，以現代標準來說，也屬於「不永」的短壽文人了。父親雖是一個代課教師，他卻是一個放蕩不羈的典型波希尼亞人，一生蹭蹬，年輕時無法無天，心裏卻有一個美好的理論作主張，這是「無政府主義」。不過他筆底下卻十分了得，當過編輯，時寫文字，爲了追第一任太太約蜜娜（Jarmila）而發憤爲雄，一九〇九年那一年二十六歲時，寫過六十四篇短篇小說，一九一〇年七十五篇，大部分都發表在約瑟夫拉達（Josef Lada）主編的刊物上，兩個人從此成爲莫逆之交，拉達擅長人物漫畫，爲哈謝克的作品畫了一千三百九十九幅挿畫，光爲《好兵》一書，便畫了九百零九幅，畫以文傳，文以畫盛，從此結爲一體，世界各國文字的《好兵》譯本中，保證就有拉達線條暢朗、造形生動而諧趣盎然的「配套」。我們在布拉格酒店中所見到的壁畫，就是他的傑作。

一九一五年，哈謝克三十二歲了，由於大戰徵兵，進入步兵第九十一團，他就在軍營生活中體會揣摹，寫出了《好兵帥克》中的諸多人物，當年九月二十三日，他爲俄軍俘獲，慘受折磨，多虧他的文才，幹上了俄軍中「捷克兵團」的文宣工作。大戰後他到莫斯科投效「紅軍」，幹上了政委，卻在一九二〇年十二月，突然又回到捷克，帶了一個俄國太太回來，卻想同結髮約蜜娜破鏡重圓，再找一分永久性的工作。

由於捷克人把他視同叛國賊，在捷克這個新共和國中，擡不起頭來，又開始放蕩、酗酒，三年便逝世了。但也在死前兩年的一九二一年，開始把《好兵》完稿，雖然一共四卷，但第四卷並沒有完成。而在我所得到的企鵝版英譯「全書」中，便沒有這一卷在內。

這次赴東歐之行，能到哈謝克的故鄉布拉格，也目睹他的國人對《好兵》的尊崇，證明文學的永垂不朽，印象非常深刻。

——七十九年八月三十日颱風中

空空妙手

遊覽車還在高速公路三四十公里開外向市區疾馳中，便可以看到柏林市（應當是東柏林，正確點說）的路標——像一根針般直刺霄漢的電視塔。

沒想到我們下榻的「紫禁大飯店」（Palast Hotel），根本就在電視塔的旁邊，站在路邊向上望它，眞有點仰之彌高的感覺。只是行程中沒有列去參觀它這一項，等到大夥兒到餐廳吃完德國豬腳大餐，喝完那滿滿一大杯的啤酒，醺醺然盡興歸來，已是九點半鐘，爲了要早早就寢，趕明天舉行的參觀博物館，也只有回到自己房間休息了。

我發覺離開華沙時，掉了一樣並不值錢卻很重要的東西——牙刷，由於歐洲旅館，房間中例不供應牙刷，這一下眞還痲煩，縱令爲時已晚，也不得不出去闖闖，看看在甚麼地方買得到。下樓到了旅社大廳，問問櫃臺的路，說明要去買一把牙刷，沒想到櫃臺職員很熱心，居然翻箱倒櫃，找了一把新牙刷送我，免錢，眞使我喜出望外。人已經下樓了，望見落地窗外五光十色的柏林夜市燈光，尤其是泛光燈仰照得十分明亮的電視塔，非常誘惑人，牙刷放在褲口袋中，心想：一個人能就近逛逛電視塔，也算不虛此行了。

這個電視塔端的非同小可，由底到天線頂端，高達三百六十五公尺，正符合一年的天數，也算世界上數一數二的了，比美國西雅圖市有名的一百八十五公尺高的「太空針」，高了整整一倍。它很像《西遊記》中美猴王的「天河鎭底神珍」般，直直地矗立，破空而起，基底直徑便是三十公尺，到了兩百零三公尺處，便有一個高三十二公尺，直徑二十九公尺的圓球，圓球的下半部有兩層，上層是旋轉的「電視塔餐廳」(Telecafe)，下層則是參觀夜景的走廊。

我在售票窗口，花了五德元，買了一張可進餐廳的票，便坐在電梯裏扶搖直上。電梯管理員坐在座椅上操縱，面對著一個直立像血壓測量器的白色光管，看到電梯的光點在白管中緩緩向上升，這兩百零七公尺的高度，似乎一二十秒就到達了，在電梯中卻渾然不知道這種上升速度之快。

在凌空兩百公尺高欣賞這個大都市的夜景，最美的還是在棋盤格街道中首尾相接的車流，迎面來的車頭燈白光耀眼，遠離的車流則是一行行紅燈閃耀，夾道的橙色水銀燈，動與靜的燈光，宛同一排排的珍珠，揉和出夜色的璀璨。

喝完咖啡，我從這電視塔餐廳樓梯上走下來，梯口等待上去的人群中，就有同行的郭榮宗先生和洪立教授，他們也禁不住這個高塔夜景的誘惑，也趕來參觀了。我和他們招呼後，便一個人坐電梯下塔回旅館去。

電視塔下面的廣場很大，有花木掩映的水池，盪漾著柔和的黃色燈光，座椅上依偎著一些情侶；燈光明亮的小吃店，還出售啤酒、飲料和漢堡，夜歸的青年人，正就著桌邊，站著吃喝談笑。

從旅館找電視塔，有一個這麼高的目標當前，非常容易，可是從這個廣場中心要找回自己的旅館，等於從圓心找圓周上的一點，夜間方向稍有點偏差，走來走去竟都找不到住處所在。「紫禁大飯店」到了晚上十點，外面的燈光都已熄滅了，幸虧樓下的咖啡廳還開放營業，有隱約的招牌可尋，發現之後，十分高興，一個人獨自夜間活動，犯了觀光大忌，總算老馬識途，一路平安回到旅館了。

燈光柔和的咖啡廳中還有些客人在喝咖啡、抽菸、聊天，我走了進去後向右轉過走廊，再上一層懸空樓梯，便是大廳電梯間了；驀地裏，一隻軟軟的手一把抓住我的右手一個勁兒拖，捲來一陣襲人的香水味兒，我還搞不清楚怎麼回事時，一個妖嬈的女人把我拉到了空蕩蕩的走廊轉角處，略帶喘息的聲音用英語問道：

「你會說英語嗎？」

「會呀！」

我連忙回答，我才看清楚她，個兒中等，身材卻很豐滿，棕紅色的波浪頭髮下，塗抹得很濃的臉蛋兒上，翹起圓潤的紅脣，燈光黯淡下，看不出她眼睛的顏色，但卻亮熾熾地閃光，是一個性飢渴的女人嗎？還是一個夜遊的蕩婦？感到她挨近來的薄薄的絲衫下，有兩團柔柔軟軟熾熾熱熱的火焰在跳動，跳得人心蕩神怡。

「那麼，我們來跳舞！」

她嘶聲悄悄兒在我耳邊說。

跳舞？在這裏？這家旅館沒有狄斯可舞池呀，半夜三更了，竟有女人投懷送抱，這就是人們所豔羨的外國「豔遇」吧？那濃濃的香水味兒，使我暈陶陶起來，她右手一把緊緊摟住我的脖子，臉便貼了上來，一身都緊緊挨住，雖然沒有音樂，她一身還向兩面擺動，又揉又扭的。我猛然想起來了，這不是當前流行的「黏巴達」嗎？也到社會主義的國家來了。

幾十年的專業毛病又發作了，「黏巴達」！翻譯得眞有夠爛的，這不是比「三貼舞」更來勁兒的「全貼舞」嗎？譯成這個多明白；再譯得文學一點，這叫「軟玉溫香抱滿懷」呀。

她貼得我如醉如痴，簡直不知今夕何夕，她那微微喘息的咿呀聲，兩隻手把我越摟越緊，忽然，她的腿緊緊壓力下，褲口袋中的牙刷毛，一下刺痛了我大腿的髀肉，便趕緊把摟在她綿綿軟腰上的右手往下一鬆，卻剛好與她的左手交錯，電光石火中，我悚然一驚，立刻扣住她的手腕，在太淵穴上狠狠使上了勁，使她手指頭鬆開我右後面褲口袋中的皮夾。

我左手使勁一掌把她從胸前推開，低聲叱道：

「妳想幹什麼？我是住在這裏的旅客，快滾！」

我看不出她臉上有什麼羞慚或者難堪，只低下頭來一個轉身，暗紅的長髮和花裙一個迴旋，便像幽靈般一下消失在走廊上了。只留下了些淡淡的香水味兒，證明這不是一個夢。

現在輪到我心跳氣喘了，摸一摸皮夾還在，眞是萬幸，差一點就著了她的道兒。去年出門已經栽過一回啦，今年要是好事成雙，再栽個觔斗，準保朋友們的腸子都要笑斷了。

幸虧一把牙刷救了我。

●

你摸摸我的心，它這下跳得多快；再摸我的臉，燒得多焦，虧這夜黑。看不見；愛，

我氣都喘不過來了，別親我了，我受不住這烈火似的活……

六十五年前的初夏，徐志摩窩在義大利中部一處名城的山上，寫了這一首七十四行熱情如火的長詩；還收了「我是天空裏的一片雲，偶然投影在你的波心」這首〈偶然〉；以及「女郎，單身的女郎」這首〈海韻〉，輯成一集，獻給陸小曼作結婚週年紀念，集名《翡冷翠的一夜》。從此，詩以地傳，地以詩盛，中國人人人都迷上了翡冷翠這三個字兒，反而佛羅倫斯這官定的地名沒人理會了。

去年八月初，我們的遊覽車停在翡市一處大樹成蔭的廣場上，我滿心歡喜，迷了徐志摩的詩達半世紀，這一回可眞的到了翡冷翠啦，加上豔陽高照，最宜出行，有說不出的興奮。

遊覽車下接我們的「地陪」，是大陸一位留學生——劉先生，上海人，中國人在這裏異域相逢，大家都很高興。他便領著我們這一團人，走路進翡冷翠的市區；行前他要我們特別注意扒手，小心錢包；他一面走一面還告誡我們不要濫施同情，他指著路邊一個黑布裹身在餵小孩奶的一個女人說：

「這些人你們都不要挨近，你沾上了邊，她們便會連扒帶搶，要特別小心。」

還沒有進義大利境以前，「全陪」便諄諄告誡我們，要小心當地的扒手與小偷，並且舉了很多例子。我卻不把它當一回事兒，走南闖北了這麼多年啦，還沒遭遇三隻手；再說，這是團體行動，大夥兒都彼此照顧，錯不到哪裏去。所以雖然進了義境，到過比薩，我的皮夾始終在褲子右後方口袋中沒動過。

不想到了翡冷翠，連久住這兒的劉先生都這麼說，看來的確相當嚴重，豈可等閒視之。想了想，便停在路邊把皮夾從褲口裏掏出來，放在胸前「尼康」照相機袋中的照相機上，再把拉鏈拉上，捧在胸前，走在團體中間，這該萬無一失了吧。

在擁擠的人群中，快要走到百花聖母教堂前，很多人都以巍峩的教堂作背景照相。我們這一團中，李瑞芝、郝溪明兩母女要彼此輪流照，我便自告奮勇，接過相機爲她們合照一張。等到我取好背景，按下快門後，我們這一團人已經隨了「地陪」，快到聖母教堂門前去了。我這時已經落了單。便把相機交還給她們，在她們連連稱謝聲中，抄捷徑從廣場中央去趕團體。

還沒有走幾步路，便被一對小女孩攔住了，她們黑頭髮黑眼睛，披著鬆鬆垮垮的黑衫，人也黑黑瘦瘦的，大的不過十一二歲吧，小的大概只有七八歲，各人手裏攤開好幾分報紙，嘴裏喃喃有詞，似乎在勸我買一分報。

我當時心裏一愣，走遍了大半個世界，除開幾個國家的街頭，有穿規定服飾的報僮向汽車駕駛人推銷晚報以外，向觀光客推銷報紙，倒是頭一次遇到；明明知道我是東方來的遊客，怎麼確定我會看得懂義文報紙，這可奇了。

我把她們推開，她們卻拉拉扯扯不放，攤開的報紙都遞到我鼻子下面來了，實在煩躁不過，連聲說：

「去！去！」

把她們推開，擺脫了糾纏，趕緊向我們那一大票人走過去。

歸了隊，方始放下心來，心中卻想到，皮夾放在照相機上面還是不妥當，應當把它改放在沈重的相機下面，就更爲安全了。想到這裏便把相機袋的袋蓋拉鏈拉開，然而，我那個頗爲厚實的皮夾卻沒有了。我還以爲落在相機旁邊，把相機與閃光燈、底片統統掏出來，也都找不到，這才知道，著了那兩個女孩的道兒，說什麼也不相信的事——皮夾給扒掉了。

很多熱心的同遊團員都不相信這回事，如果她們要扒你的皮夾，爲什麼又把袋蓋拉鏈拉上，沒有這個必要嘛，可能你的皮夾掉在車上也不一定。

我明明記得自己下車後把皮夾改變位置，怎麼可能還在車上？但也還是不死心，回到遊覽車上再找一遍，哪裏有皮夾的蹤影。皮夾中的行照、駕照、身分證——幾十年隨身帶的習慣嘛——通訊地址簿都沒了，裏面的外鈔且不說，更重要的，信用卡丟了，卻使人非常擔心。

有人說啦，你有了信用卡，怎麼還帶現鈔？只因爲這家公司的信用卡，在我們出國以前，遭臺北市幾家大飯店登報拒用過，引起了一陣風波，我惟恐到國外不能簽帳，所以各地的現鈔都備了一些，沒想到在歐洲，這種卡在大公司與小店鋪都行得通，十分方便。這一下失掉，麻煩來了，這個扒竊集團既能運用小扒手來偷東西，一定也有僞造筆跡的高手，雖然我用的是中文簽名，他們要琢磨仿效，也不會有多大困難，萬一他們拿去簽上個幾千上萬美元的帳，那我不是要賠死了嗎？

報失當然容易，只是我一向「勤筆免思」，一切號碼都記載在那個失去的通訊地址簿上，尤其信用卡不常用，十個號碼，哪裏記得住。沒有號碼，報失也是白報啊。

正自莫可奈何時，突然間想起來，參觀百花聖母教堂以前，我們到一家店裏，採購義大利有名的皮貨，我用了信用卡，在那兒留得有「底案」。「全陪」忙請了懂義語的華僑，幫我打電話去，果然查出了號碼；只是那店說，你要是報失，今天一天內的簽帳都沒效，那他們賣給我的東西，錢要怎麼收？我說請他們放心，立刻可以派人送款過去，我們這兒，有團長郭嗣汾可以信用貸款給我呢。

信用卡報失的問題總算解決，當天晚上八點到了羅馬，有人告訴我，應該明天就可以領到新卡，只是明天是星期天，何況行程排得密密麻麻，哪有時間去領；後來回到臺北，這家公司通知我，說那張新卡還在羅馬等我呢，說明了原委，香港方面立刻就補寄了一張來。

雖說錢財身外事，一下子一文不名，心裏總疙疙瘩瘩怪不舒服：這個扒竊集團怎麼能利用人不會防範小女孩的心理，訓練出這麼小的扒手來做扒竊，眞是傷天害理。只是，她們又怎麼知道我的照相機袋裏有皮夾？百思不得其解。後來這才省悟，這既是一個集團，當然也有組織，當我從遊覽車上下來，停在路邊把皮夾改變藏放的位置時，就已經有眼線「踩」到了，無線電話、有線電話早已傳到廣場那批人那裏啦，更加我照相落了單，這不是送上門的肥羊麼。

●

到了羅馬，「全陪」問我要不要去警局報案，留下一個紀錄，萬一回到臺北辦補領證件時有用。他這番好意我非常領情，吃過晚餐，便一起到餐館附近的一家派出所去。

這處派出所就在一條街道邊，若不是門口有一個年輕輕的女警員，眞還找不到。義大利的女警員似乎和「金牌警校軍」一般，警校畢業後都在第一線的派出所服勤；這個女警員金髮藍眸，皮膚白皙，配上淺灰暗藍的制服，纖腰皮帶上一把貝雷塔點二五手槍，秀麗中自有一股逼人的英氣；義大利派出所出勤，似乎男女配對，我們正在談話時，一部深藍色的警車停下，走出兩名年輕的男女警員，好像是巡邏歸來。

女警員的英語還算可以，指指點點要我們到羅馬市警察局去，還用紙條寫了個單位名稱，只是「外事組」應該是：Foreigner Section，她卻寫了個 Stranger Department。

羅馬市警察局的原址似乎是一處貴族邸宅，氣勢雄偉，地地道道的古羅馬建築，只是天還沒黑，他們卻如臨大敵，幾輛警車封住了進路，出口處有三四名男女警員，個個平端衝鋒槍，手扣在扳機上，殺氣騰騰；這樣一比較，咱臺北市的治安就好得多了，起碼中華路的市警察局，從外面經過，門口都看不到一個警員呢。

警察局門口的警員聽說我們要報案，一個嬌軀臃腫卻身佩手槍的「阿巴桑」女警員，卻又指點我們要去分局，好在這三個單位都還相距不遠，走幾條街消消積食，也就找到了。

我們到了警分局，門口的警員聽說我們是來報案的，眉頭都不皺一下，一揮手，彷彿說：

「見多了，進去吧！」

到了裏面，有一對從丹麥來的男女青年在，似乎嚇得還驚魂未定，面色泛白，原來他們千里迢迢南下作自助旅行，沒想遇到羅馬市的「都市游擊隊」，照相機與行李背包都搶光了，不知如何是好呢。

刑警室裏接見我們的値班刑警，是「惡夜追緝令」中那個 Dirty Harry 的化身，個子高大，濃眉黑眼，棕色頭髮，理個小平頭，一臉橫肉，眼露悍色，只穿一件淡黃色運動衫，牛仔褲上的皮帶，有一副手銬，外加一把大號手槍。見了我們，把一疊報案單丟過來：「一式四分」；既沒有複寫紙，又沒有複印機，都用寫的，我這不是自找苦吃麼。

不過，生平第一遭兒在外國警察局報案，總得要寫得像模像樣，才能出這口悶氣，我用英文寫了經過，中文可以譯成打油詩一首：

臺北桑約黃，隨團來觀光，
心嚮翡冷翠，神往聖母堂。
落單因拍照，遇歹竟一雙，
黑髮青衫女，兩兩左右藏，
一為十一二，一僅七八間，
哀聲騙遊客，小手極靈光，
報紙魚鱗展，明拉帶暗搶，
遭竊渾不覺，掙脫慶無傷，

教堂擬攝影，始覺皮夾光，
行照包駕照，身分證內裝，
國際信用卡，一概全泡湯，
里拉上十萬，港紙約數張，
先令捲打拉，馬克夾法郎，
遽爾一旦罄，落難在貴邦。
尚乞雷霆手，破案作主張，
錢財身外物，但求證件還，
妙手空空兒，貴國之榮光。

好不容易把四張一一寫完，我以爲這個刑警會立刻把它打入電腦，用「八號分機」傳達各警局緝拿慣竊呢；誰知道他打開抽屜，取出橡皮戳，在四張紙後面一敲一張，沒事人一般，把一張朝我丟過來：

「好了，你們可以走了！」

聽他的口氣，我們不是來報案，而是來自首的呢。而在下那篇人、事、時、地、物說得清清楚楚，起承轉合大有條理的報案鴻文，大概八成兒也就從此進入羅馬市警局暗無天日的檔案櫃裏了。

——七十九年十月八日　新生報副刊

體物寫志

中外文學中的黑

外國文學作品中以「黑」爲書名的，遠有大仲馬的《黑色的鬱金香》、契訶夫的《黑衣教士》、托爾斯泰的劇作《黑暗的勢力》、斯湯達爾的《紅與黑》、普希金的《黑桃皇后》、斯陀夫人的《黑奴籲天錄》。實實在在說起來，「黑桃」只是中國人對紙牌中花色（spade，圓鍬）的象形稱呼，有別於「紅心」（heart）；「黑奴」也是林琴南的義譯，原書該是《湯姆伯的木屋》（*Uncle Tom's Cabin*），並不是原文眞正有「黑」。

在我國文學作品中，以黑爲名的遠有李宗吾的《厚黑學》，近有王藍的《藍與黑》、楊念慈的《黑牛與白蛇》，還有平劇中的「黑水國」（桑園寄子）。

黑色是諸色的總合，但因爲與光不能並存，所以人人都因厭而諱，以我國的《論》、《孟》、《學》、《庸》「四書」來說，其中便沒有一個黑字；莎士比亞戲劇全集十萬零五千九百八十五行中，用到「黑色」的也只有四十行，只占千分之三點七，可說少之又少，如「黑漆漆」(black and swart)、「黑得像陰河」(black as Acheron)、「黑得像地府陰曹」(black as hell)、「其黑如墨」(black as ink)、「有若黑檀」(black as ibony)、「宛同黑玉」(black as jet)。

莎劇中以「黑」作典故來使用的，是《威尼斯商人》中的 My nose fell a-bleeding on Black-Monday last at six o'clock in the morning.

朱生豪譯「上一個黑曜日早上六點鐘，會流起鼻血來啦」。

梁實秋譯「上一回黑禮拜一早晨六點鐘我流鼻血」。

劇中的 Black Monday 用大寫，其中必有典故。朱譯爲「黑曜日」，與原意違背。當時每週七日的名稱採取日本譯法，「星期一」爲「月曜日」，所以應該譯成「黑色月曜日」。我想朱先生會是這種譯法，但沒有加注是他的缺失；在編、校、印這三方面，如果有任何一個人發生錯覺，以爲中間的「月」字衍生而刪除，就成了「黑曜日」這種不知所云的譯名了。

梁譯高明處便在查明了典故，加以注釋。也和我國唐元和十一年（八一六）十月，李愬雪夜襲蔡州一般，西元一三六〇年（元順帝至正二十年）四月十四日，英君愛德華三世率兵圍巴黎，那天「大雨雪，天晦，凜風偃旗裂膚，馬皆縮慄，士抱戈凍死於道十一二」。所以稱那天爲「黑色星期一」，這個詞兒相沿直到現在，相當於我國所稱的「黑道日」了。

此外，莎劇《空愛一場》中還有一處，使用了 black-oppressing humour，原句爲：

So it is, besieged with sable-coloured melancholy,
I did commend the black-oppressing humour to the most wholesome physic of thy health- giving air.

朱譯本此劇爲《愛的徒勞》，譯這段爲：

我因為被黑色的憂鬱所包圍，想要藉著你的令人康健的空氣的最靈效的醫藥，袪除這一種陰沈的重壓的情緒。

梁譯爲：

我因為被黑色的憂鬱所圍困，想乞靈於您的恢復健康的空氣，來治療我的積鬱難舒的心情。

從兩位翻譯大家的例句中，看得出「黑貂皮色」譯爲「黑色」，而black-oppressing，反倒譯爲「陰沈重壓」與「積鬱難舒」的象徵意義，足見翻譯難就難在這些關鍵性的字兒上。

《聊齋》諸篇中，只有〈黑獸〉與〈黑鬼〉兩篇，「黑獸」爲百獸之王——老虎的主人，能「以爪擊虎額，虎亡斃」。這種事兒很玄；而「黑鬼」則說的是自非洲擄來的黑奴，「其黑如漆，足革粗厚」。唐代以來，便有黑奴經由海運到達我國，當時稱爲「崑崙奴」。臺南的「烏鬼井」，小琉球的「烏鬼洞」，便是黑人東來留下的遺跡。

在軀體上，形容一個人膚黑並不是好話。像《兒女英雄傳》上的「黑不溜秋」，《紅樓夢》上的「黑眉烏嘴」都是罵人的話。《水滸傳》上一百零八條好漢中，以「白」爲號的有白日鼠白勝、白面郎君鄭天壽、白花蛇楊春、浪裏白條張順，而以「黑」爲號的卻只有「黑」三郎呼保義宋江和「黑」旋風李逵。幾百年來，受人歡迎的還是後面這個赤條條殺氣騰騰的黑旋風。元曲中，便有高文秀作的〈黑旋風雙獻功〉，足見「這黑廝」深受平民大眾的喜愛。

平劇中有「白良關」、「白蛇傳」、「白門樓」，但以「黑」爲名的，似乎只有「黑驢告狀」和「黑風帕」這兩齣了。

《聖經》萬語千言中，卻只有十處地方提到「黑」：

日頭變黑像毛布。（啓六—十二）

地震天動，日月昏暗。（珥二—十）

見有一匹黑馬。（啓六—五）

第二輛車套著黑馬。（撒六—二）

套著黑馬的車。（撒六—六）

有墨黑的幽暗，爲他們永遠存留。（猶一—十三）

因飢餓燥熱，我們的皮膚就黑如爐。（哀五—十）

現在他們的面貌比煤炭更黑。（哀四—八）

另外還有兩則則談的是「黑髮」。

不可指著你的頭起誓，你不能使一根頭髮變黑變白了。（馬太五—卅六）

他的頭髮厚密累垂，黑如烏鴉。（雅五—十一）

我國髮以黑爲上，象徵了輕壯與活力，人人喜歡「黑髮黑髯」，名列廟堂的青年才俊，往往稱爲「黑頭公」、「黑頭尚書」、「黑頭相」，受到這種稱呼的人都欣然色喜。然而有些人歷盡風霜，壽登耄耋，卻依然有「不白之寃」，滿頭黑髮。修伯特便寫得有一首歌，名爲〈白髮吟〉，實際上這不是讚揚黑髮嗎？

Vom Abendrot zum Morgenlicht
ward mancher Kopf zum Greise.
Wer glaubt es? Meiner ward es nicht
auf dieser ganzen Reise.

人道是，眾生碌碌，
一夜征人盡白頭，

怎能？俺三千莖兀自漆黑如夜，
孑然孤零，更天涯浪跡久久。

——載七十二年元月分　皇冠雜誌

談稿紙

衡量一個地方的文風，教育學家、社會學家運用學校數字、就學率、電視與收音機普及率、書刊報紙銷數這些統計數字，固然有幫助；但也可以用一種簡單的方法來試驗。我到了一處城市，隨便走進大街上一家文具店，只問一句話：「我要買稿紙！」從老闆或者店員的反應，便可以評定這一帶文風的等級了。

「要甚麼？」

文具店連稿紙都沒有聽說過，這兒可能是寫作的沙漠地帶，文風宜列丁等。

「要幾張？」

這裏或許是文風閉塞的地區，只有中小學生作文比賽才買稿紙，丙等。

「要幾刀？」

來買的人稿紙成百張的買，這一帶的文風嗅得出來，有那麼一點兒味道了，乙等。

「要甚麼牌子？」

從這一句看得出買稿紙的人，都講究選擇適合自己需要的稿紙，氣質自見，這就是精緻文化的所在，有濃濃的寫作氣氛了，可列甲等。

文風抽象而不可捉摸，我以稿紙的消費量作實質的指標，來判斷寫作的普及率，雖不中不遠。一個地區沒有許許多多人投身寫作，下筆萬言，全靠學生作文充場面，文風的層面是高不到那裏去的。稿紙量用得多的地方，寫作便蔚成風氣了。

對寫作的人來說，稿紙是一件大事，不容輕視。由靈感而變爲鉛字，必須有賴稿紙的溝通；作品與讀者晤面以前，要經過審、編、排、校這四關，用稿紙寫作，可以促使「通關」順利，錯誤也會減少到最低限度。國內有些初度執筆的青年朋友，靈感排山倒海一來，眞個是「抓到『紙』就寫」，筆記紙、電腦紙、報告紙、十行紙、信紙、白紙、色紙、草紙，甚麼都用，就是不用稿紙；洋洋灑灑，密密麻麻，只顧自己一個勁兒寫下去，完全沒有想到中文變成鉛字，最是規行矩步，一個字，乃至一個標點符號，都要排得整整齊齊，數得清清楚楚；不用一板一眼的稿紙，要排行行頁頁的書報有多麼難！您如果不理會寫作這一行的基本行規，這不是自滅幾分競爭力嗎？

因此，具備一些對稿紙的基本認識，對寫作多少有一些兒助益。

就現代用紙來說，一張稿紙以寬約二十公分（八吋）、高約二十八公分（十一吋）爲宜，這樣大小的紙張裁切上不會浪費，使用上也最經濟（寫作的人都有撕稿紙的經驗吧）。但是信不信由你，據美國標準局在一九七〇年的研究中指出，如果紙寬少那麼〇・三公分（七又四分之三吋），會在美感上更爲悅目呢。目前這種十六開的稿紙漸漸流行，取代了坊間以前的八開大張稿紙。

稿紙並不只是爲了作家寫作，也要爲了排印出版，所以稿紙上有些資料必不可缺，「頁碼」便是其中之一，中文稿紙自以印「第　頁」爲宜，如果印英文，「Page」（頁）要比「No.」（號）要正確。

在「第　頁」的後面，倘能加印「共　頁」，更是利己利人，對編輯有莫大的方便。因爲稿件一到，他第一眼就立刻知道來文的長短，配合不配合得上自己的需要，該核發頭條、二條還是邊欄，稿紙上添印這麼小小一項資料，就能省卻很多人力。對作者也增加了原稿的安全，倘若全稿失落了幾頁，接到稿的人便會馬上發覺了。

一般稿紙都在左下方印出行數乘字數，標示出整張稿紙的字數，看似尋常，卻萬萬不可省略。在我蒐集到的稿紙中，有一種只在下面印了一個菸斗，固然非常瀟灑而自成一格，可是卻沒有想到編輯接到稿以後，要一行行數過再數字數那分兒惱火。

稿紙當然也要用來翻譯，宜於在右上角或適宜的地方，加印「原文第　頁」。這在譯稿附寄原文或注明出處時，審稿的人按圖索驥，有莫大的方便，也會打從心眼兒裏佩服譯者敬業的「不欺」態度。卽令是自己譯書出版，有了這項資料，校對時也很容易回溯原文出處。

近代的表格設計，已由密閉式趨向開放式。稿紙格子四週使用邊框，顯得緊湊謹嚴，而有一種安全感；但不用邊框，稿紙整個版面顯得爽朗明快，而且可供修改用的空間也增多了。

一張標準稿紙上要印幾行幾格，容納下多少字？據我比較觀察，以及親自設計所得，一張十六開的稿紙，五百字（20×25）似乎是個極限，超過這一字數，格子會太小；一般以三百字（12×25）最爲相宜。有些作家這型稿紙只排兩百字（10×20），字體大，配上豪邁蒼勁的書法，看到原稿便是一種享受。

稿紙上行與行間該距離多少，當然隨作者的愛好與字數容納額而定。但是在寫作中——尤其是翻譯作品——有時不得不附注原文，這就要考慮到使用英文打字機的可能性了。表格設計中有一項重要的原則：節省使用人的時間。因此，設計稿紙時，行與行間的距離，宜以一・二七公分（半吋）爲準，這種尺寸可以使稿紙上了打字機，第一行打完，一撥桿就打在第二行，不必擔心打在格子外，也不必去調整打字機的滾筒。

稿紙上的中文書法，如果潦草一點，還不構成大的問題；英文卻切忌龍飛鳳舞的手書體，採用打字則排校省時省事，功德無量。我見過翻譯家喬志高先生的原稿，中文時有塗改，英文卻打得整整齊齊，他那種淡藍色的五百字稿紙，行與行間的距離便不多不少，恰恰是一・二七公分。

稿紙該用甚麼顏色，則隨各人的愛好而定，大仲馬用粉紅色的稿紙，巴爾札克用藍色稿紙，已是文學史上聞名的軼事了。一般來說，坊間出售的稿紙過白而且反光，對長期寫作人的目力不宜，而宜採用米色或素色；因此有越來越多的作家都自印稿紙，紙質、色彩、格眼大小、字數多寡，都隨自己的喜愛，書桌上鋪開一頁這樣賞心悅目的園地，靈感自然而然就隨著筆尖滔滔湧出了。

我自己試印過好幾種稿紙，而認爲圓珠筆（原子筆）與國產的聖經紙是「絕配」，這種紙張素而不白，不反光刺眼，紙質不重，可省郵資，但也不像打字紙那麼透明得輕飄飄，韌度也恰到好處，紙面平滑，可以一瀉千里，筆底了無滯礙，使我寫字的速度竟增加了近三成。

稿紙是我國文化的獨特產品，只是坊間稿紙的品質與格式，還是一二十年前的老式樣，甚至以平版印刷的稿紙都寥寥無幾。品質跟不上時代的要求，就會漸趨沒落。其實，國內的造紙與印刷水準都很高，應該有更精良的成品，更大方的包裝，來迎合海內外廣大寫作人士的需要。

如果有一天，全世界有中國人的地方，都可以買得到稿紙，杏紅、明黃、深青、淺綠、淡雲各色具備；兩百字的詩稿紙到五百字的文稿紙一應俱全；稿紙上有必備的資料；「太白」、「綠珠」、「蘭臺」……的品名，取代了那些破壞寫作氣氛的「某某牌」；裝在精緻的稿紙盒裏，發蘭麝之幽香；餽贈自用，稿箋兩宜。到那時，稿紙的地位才算是受到普遍的肯定了。

——七十二年五月五日　中央日報副刊

詹天佑與詹氏掛鉤

五十九年二月十二日清晨，新竹縱貫鐵路發生觀光號快車追撞卅八次平快車的大車禍。新聞報導中提到一位乘客大難不死，雖然夾在兩節翻覆的車廂中間，卻因爲「詹天佑掛鉤」的支住而安然無恙；第二天，一位熱心的讀者投書，也建議在「車頭前及尾車後的『詹天佑接頭』加裝斜導防碰器……以防車禍」。

火車車輛的自動掛鉤，國人一直認爲是鐵路工程先賢詹天佑先生所發明，我們那一代的小學教科書中便言之鑿鑿，使人不由得不信。大抵因爲詹先生在民初主持修成由北平通張家口長達三百七十里的京張鐵路，這條路不但工程最艱困、費用最節省，而且還是不假外人技術而自力完成的第一條鐵路，爲國人揚眉吐氣，「功績昭著，堅苦卓絕，海內外同聲讚美」。後人崇功報德，除了在八達嶺立銅鑄像以外，也就把這一發明附會在詹先生的功業上，久久便「想當然耳」，成了牢不可破的觀念。

一直到民國五十年，凌鴻勛先生作《詹天佑先生年譜》，在〈編後〉中特別提到這件事：

> 編者忝為先生鄉後進，於束髮受書之初，即習聞先生築路故事。其中傳說鐵路分道岔為先生所發明，又謂車輛之自動掛鉤亦為先生所發明。近年亦尚有以此兩事是否確實見詢者。今就時期稍加推斷，先生係一八七二年赴美求學，已在英國有鐵路四十餘年之後。先生回國後初服務於鐵路係在光緒十五年（一八八九），已在唐胥築路之後八年，其時分道岔在我國自早已應用。至於車輛掛鉤，則據美國鐵路協會刊印之 *Quiz on Railroads and Railroading* 所載，美國鐵路初期，原用鍊鉤以聯接車輛，但早於一八六九年即開始各種自動掛鉤方法之試驗。一八八五年起即有重要之進展，其時美國各式自動掛鉤式樣甚雜，至一八八七年始由車輛製造協會決議採用 Major Eli H. Janney 氏所創製之自動掛鉤，此後遂為美國所普遍採用，而為後來中國鐵路之標準掛鉤。先生初入鐵路服務，尚在一八八七年之後兩年，是由先生發明之說似無根據。先生在鐵路之勛業自有其地位，而為中外所景仰，似不必於此加以附會也。

從此以後，我們方始恍然，火車車輛上的自動掛鈎稱爲「詹氏掛鈎」並無不可，因爲它是美國詹尼少校所發明，卻與詹天佑先生扯不上甚麼關係。

凌先生所編的這本年譜，胡適先生盛讚「搜集材料的勤謹，記載的細密，和評論的正確」。尤其使我們敬佩的，便是竹銘先生治史態度的謹嚴，不溢美，不附會，「吾愛吾師，但更愛眞理」，是此老筆下胸中壁立處。

我們這代中年人，被「詹天佑掛鈎」誤了四十年，雖然多年前卽已眞相大白，但一般人至今拒絕改口，足見爲國爲民的先賢，他們的德業事功會永遠活在國人的心底。

旬月

我國文字中的陷阱，所在皆是，運用上稍一不愼，便會引起誤解，造成誤導。拙作〈名詞的翻譯〉九月十六日刊出時，當天便有李若岩先生投函《中副》（九月二十八日刊出），說「旬月」只能作「十天八天甚至個把月」解，不同意拙作的含義，肯定認爲「旬月」「非十個月」。

根據甲骨文，天干由甲而至癸，殷人定爲一旬。旬字从日从勹，意爲「勹歲月之日」，以十天一次來計算，所以本義作「十日爲旬」。我們把一個月區分爲上旬、中旬、下旬，又有「兼旬」。《書經》中有「十旬勿反」；《左傳》有「事三旬而成」；《孟子》有「五旬而舉之」，都以「旬」爲「十天」。

可是後來漸漸把「旬」又引申成爲「十」。《三國志》中就有「修之旬年」，指的是十年，這種用法已有一千七百多年了。所以稱人壽以六旬、七旬、八旬，其來也有自。白居易（七七二～八四六年）呈劉夢得詩「且喜同年滿七旬」。足見我國語文中，在時間上以旬作十的用法，筆之於詩人，入之於文學，約定俗成，至少也有一千一百多年了。李先生怎麼能說這是「俗用訛傳」，甚至認爲「不足爲訓」，未免言重了。

由於自甲至癸是一遍，所以又把「旬」引申爲「遍」。《詩經・大雅・江漢》「王命召虎，來旬來宜」，後一句以現代話來說，便是「遍巡四方，廣事宣揚」，因此《管子》的「入國四旬」，不能作「四十天」解，宜釋爲「四巡」。旬又可作均匀解，《易經》中便有「雖旬无咎」；《詩經・桑柔》「菀彼桑柔，其下侯旬」，可以釋爲「嫩桑樹多麼茂盛，樹蔭蔭多麼均匀」。

「旬」字既有「十」的意義，又有「遍」的解釋，用作時間的形容詞，就要看情況來確定它的含義，「旬日」就是十天，只有一解；「旬歲」也只有「滿一年」的一解。然而，「旬年」和「旬月」卻都有兩種解釋。

以「旬年」來說，《後漢書・何敞傳》中「至臣八世，復以愚陋，旬年之閒，歷顯位，備機近，每念厚德，忽然忘生。」指的是一年。而《三國志・劉廣傳》「廣農桑，事從節約，脩之旬年，則國富民安矣。」這裏的「旬年」卻是指十年了。

「旬月」也有兩種解釋，一為「滿月」，如《論衡》中的「旬月枯折」。《名山表異錄》中則分別說明：「揚雄疏『近不過旬月之役』謂滿月也。車千秋『旬月取宰相』，又謂十閱月也。」

既然自漢以還，「旬月」便有「滿一個月」與「十個月」兩種解釋，嚴又陵說的「旬月踟躕」，他究竟指的是哪一種含義呢？我們既不能起瘉壄老人於地下，來問他這個問題，便只能以意度之了。

就翻譯來說，一個新名詞若取音譯，不過是以中文寫外文，反掌折枝，十分容易，只需要十秒鐘或十分鐘便可決定。可是要採取一個恰當的義譯，十小時，十天並不夠，甚至會遷延上「旬世紀」：例如佛經中的「荼毘」，直到近世始作「火化」，便是一例。因此，我將「旬月」從寬釋為「十個月」，於經驗、於原義並無訛誤。

「旬月」既無第三種解釋，足證李先生主張的「十天八天甚至個把月」錯了。要作此解只有三種情形：第一為「旬朔」，指十天或一個月；《南史・謝靈運傳》中便有「遂肆意遊遨，遍歷諸縣，動踰旬朔」。第二則為「旬月之間」，如《北史・趙修傳》「旬月之間，頻有傳授。」第三則為已使用標點符號的頓號，把「旬月」從中點斷為「旬、月」。

李先生在文末，還提到「退避三舍之『舍』字，只能用於『三十里』，而不能在其他場合用作『三十』的代詞一樣」，來證明「『旬』字不宜在其他場合用作『十』的代詞」。「舍」是一天的行程三十里，爲距離上的「單位」，而「旬」用於時間則專屬「數字」，兩者不能相提並論。猶之如我們不能說：「一斤有十六兩，斤不能在其他場合用作『十六』的代詞；因此『旬』也不宜用作『十』的代詞。」明眼人當可看得出，他這項立論無法成立。

——七十二年十月二日　中央日報副刊

敬語

六十八年元月二十一日，「中外文學」和「翻譯天地」兩家雜誌社，邀請花了五年時間譯成《源氏物語》的林文月教授，向愛好翻譯的人士，談一談她譯成這部世界文學名著的經過。會中，黃得時教授以過來人的經驗，曾提到迻譯古代日文的艱難，其中之一便是敬語忒多，要譯得恰如其分，大費周章。

我對日文一無所知，但對日文敬語的用法並不覺得奇怪，因爲我國古代文學，敬語的使用也大致相同。像「來日有知州上殿，官家莫要笑」，一看就知道是宋代啓奏皇帝的話，因爲只有宋代對皇帝的敬語才有「官家」。又如：

「求老父臺大人高擡貴手。」

「小人是承恩相差使的人，如何敢怠慢？」

「賢契如不嫌棄，就請過去略爲敍敍。」

「此間便是，請大王自入去。」

「世先生果然清貧。」

……

這些也和日文相同，光憑敬語就知道受話人是甚麼身分地位了。

有些青年人不知道使用敬語，家庭教育、學校教育固然有關，近代一些漫不經心的翻譯也有影響；這些譯品每逢 you 就譯成「你」，從不考慮受話人的尊卑長幼。耳濡目染之餘，無怪乎一些年輕人對父母、對長上，連「您」都不會用了。紀君婉先生在《中副》發表他那篇〈語文與生活教育的結合〉一文中，談到素重敬語的中、日兩國，目前都要著重「敬語教育」的推行，可謂切中時弊，語重而心長，道出了有識人士的心聲。

可是不久以後，又有一位「立」先生寫了篇〈稱呼隨時在變〉，對敬語提出了不同的看法，認爲「敬人的禮貌存之於心卽可」，潑了「敬語教育」的冷水，尤其文中一些例證，其牽強附會的程度，爲歷年說理文字所少見。

敬語，顧名思義主要指幼對長、下對上、卑對尊一種有禮貌的稱呼用語。而夫婦間「有甚於畫眉」，用不用「親卿愛卿，是以卿卿」，或者「你儂我儂」，並不構成今天的敬語問題，立先生卻以夫婦的「稱呼」爲例，與「敬語」混爲一談，眞「使孩子們摸不著腦袋」了。

立文列舉了很多對古人的稱呼，「不論賢愚，往往都直呼其名」，以支持他「敬語可有可無」的立論。這種說法眞使人驚訝，一位讀過《論》、《孟》、《史》、《漢》的人，居然會不知道「詩書不諱；臨文不諱；郊廟不諱；君無所私諱」的道理嗎？

我們現在所稱的「名字」是一件事，古時卻分開來，名是名，字是字，「幼名冠字」，不到二十歲還不能有字呢。「名以正體，字以表德」，二十歲已是成人，對他的敬語稱呼便是稱字；名是對父母自稱，稱下雖然也可用名，還是有些禮貌上的限制，「國君不名鄉老世婦」即是一例。孔子弟子記事皆稱仲尼，猶之如外國人稱國父爲 Dr. Sun Yat-sen，先總統蔣公爲 Chiang Kai-shek，以字不以名，正是一種敬語。立文中說「《論》、《孟》……直呼仲尼至少有十二次」（不是「至少」，是「只有」十二次。《論語》：仲尼焉學；子貢賢於仲尼；叔孫武叔毀仲尼；仲尼不可毀也；仲尼日月也；仲尼豈賢於子乎；《孟子》：仲尼曰；仲尼之徒無道桓文之事者；悅周公仲尼之道；仲尼不爲已甚者；仲尼亟稱於水曰；故仲尼不有天下）。古代尊師，師名「如聞父母之名，耳可得而聞而口不可得而言也」，不稱仲尼難道直呼孔丘嗎？

立文巧辯的地方，便是不舉正面的敬語證據，《論語》書中稱「夫子」凡三十八見，卻隻字不提，反而說「《論》、《孟》四書中，有人直呼孔丘，至少有五次……而且出於弟子之口；以及孟軻的筆下，孟的弟子樂正子，亦直呼孟軻之名」，從這句話表面上看，連孔門弟子都沒大沒小的，對老師沒半點兒尊敬。而實際上，《論語》中見「孔丘」只有三處，另兩處的出處章節，還有待立先生的指明。直呼孔孟之名的章節是《論語・微子》：

長沮桀溺耦而耕，孔子過之，使子路問津焉。長沮曰：「夫執輿者為誰？」子路曰：「為孔丘。」曰：「是魯孔丘與？」曰：「是也。」曰：「是知津矣。」問於桀溺，桀溺曰：「子為誰？」曰：「為仲由。」曰：「是魯孔丘之徒與？」……

《孟子・梁惠王下》：

魯平公將出……樂正子入見，曰：『君奚為不見孟軻也？』……

從這兩段記載得栩栩如生的對話上看，子路眞有點兒「野哉由也」，把夫子提名道姓

的，也足見他是個一根腸子通到底的山東硬漢，猝然間被長沮這一逼，一句

「是孔丘呀！」

便衝口而出，這種回答別人問話的自然反應，《論語》據實記載，寫得多麼鮮活。至於樂正子則是覲魯平王，才提老師的名姓，古代尊君高於尊師，這麼說很合乎當時的情況。立先生怎麼可以斷章取義，說直呼孔孟之名，出於弟子之口，而不引用原文呢？

至於「老師對弟子亦是如此」，這句話倒說對了，孔子對門人稱字的，《論語》中只有對閔子一人稱子騫，其他賢如顏冉，都直接叫他們的名「回」、「雍」。而這正證實了紀文立論的基礎「敬語若被用濫了，敬語的用意也隨之消失了」。

立文最不應該的地方便是故意曲解文字。「子」是一個多義詞兒，它原是爵名，如箕子、微子；古代稱老師爲子，如「子曰」；它是尊稱及有德之稱，如孔子、孟子、老子；子又爲男子的美稱，如「二三子以我爲隱乎？」；它可用作語尾詞，如房子、彈子、棋子；也可以代表人，如孩子、傻子、瞎子、聾子、胖子、瘦子……立先生說「稱『子』其實未必有多大的敬意」，竟把孔子孟子的子，與小三子相提並論，未免比擬於不倫，是烏乎可？

《論語》爲「孔子應答弟子時人……之言，夫子既卒，門人相與輯而論纂」的一本書。〈雍也篇〉中「子見南子，子路不悅」，仲由不高興的是「見」，原句也並不是「子曰：『予

見南子。』」立文卻故作奇論，說「卻親密的直呼爲『南子』……難怪子路不悅了」，這種翻案文章也能下筆，眞使人拍案驚奇。

言爲心聲，「敬人的禮貌存之於心卽可」嗎？如果將拙文中的「立先生」改爲「立某」，立先生的感受就不大相同了吧。設若立先生有少君或者千金（我不說有兒有女），希望他們在人前人後說「家嚴」或者「家父」如何如何好呢？還是說「我家老頭」如何如何好呢？

我國自古注重語言教育，孔門四科，言語其一。稱呼雖然隨時在變，禮貌卻永遠是人際關係的潤滑劑。紀君婉先生倡導注重敬語，並不是食古不化，值得各階層社會人士的贊成。

——六十八年三月二十日　中華日報「文教與出版」

辭書的失誤

《辭海》是讀書人必備的一部權威辭典，最近又新出續編，具見中華書局日新又新的精神，值得敬佩。只不過有極少極少的失誤，似乎舊版新版都沒有改正。

以河北省靈壽縣爲例，舊版三一四四頁與新版四七六五頁，都列得有：

今縣名，屬河北省，在正定縣北，當滹、滋二水間。戰國時為中山國地，樂毅取中山，魏文侯封以靈壽，卽此。

如果我們翻閱《史記》的〈樂毅列傳〉，便知道這是一字之誤。

樂毅者，其先祖曰羊。樂羊為魏文侯將，伐取中山，魏文侯封樂羊以靈壽。樂羊死，葬於靈壽，其後子孫因家焉。至趙武靈王復滅中山，而樂氏後有樂毅。

這一段說明了靈壽縣設治，始於魏文侯十七年（周威烈王十八年，西元前四〇八年）派樂羊伐中山。樂毅的生卒年雖不可考，但年輕時曾在趙武靈王駕前爲將。趙武靈王整軍經武，胡服騎射（西元前三〇七年）後，六年中四伐中山，一直到惠文王三年（西元前二九六年），終於把中山國滅了，樂毅自必也參加了這些次東征；翌年趙國發生「沙丘之亂」，武靈王活活餓死，樂毅才到魏國去。

因此，樂羊與樂毅雖都取過中山，但時間先後上差了一百多年，在輩分上，樂毅該是樂羊的五六代孫了。《辭海》不察，以玄孫代祖，誤了我們半個世紀。不只此也，連《中文大辭典》也跟進，在第九册的第一五八四二頁上，也是「樂毅取中山，魏文侯封以靈壽」。這種陳陳相因，也造成了陳陳相誤。

商務印書館出版的《中國古今地名大辭典》一三九九頁，對靈壽的記載很正確，寫的是「樂羊取中山」。按理說，商務的《辭源》歷經四次徹底增修，最後一次爲五十九年一月，序言中明白指出參考了《古今地名大辭典》，若說不知道《辭海》上這項錯誤，是不可能的事。就學術的立場，應該坦率列出「封樂羊以靈壽」來，編輯這種求眞求實的態度，嘉惠後世學子，何止萬千。然而，《辭源》在二二八五頁上對「靈壽」設治由來的這段史實，隻字不提，雖然避免了同業間的交惡與本身的錯失，但不挺身而出剖析歷史資料的正誤，也是權威辭書的小小失誤。

辭書不做不錯，世界任何辭書，都難免不發生失誤。以《新大英百科全書》來說，是舉世學術界數一數二的權威工具書，但有時也可能馬失前蹄。例如在一九七八年版「簡明部」(Micropaedia) 第二册的第七三四頁，就使人忍俊不禁。

這一頁的條目上，有「張果老」一項，張果老姓張名果，我國歷史上確有其人，載《新唐書》二百四十卷，《舊唐書》一百九十一卷，《太平廣記》也有記載。「八仙」中的「張果老倒騎驢」的故事，中國民間家喻戶曉。而《大英百科全書》配的這張圖，看上去梳髻留辮，沒有鬍鬚，衣著神態，莫不是八仙中唯一的女仙——何仙姑？因此儘管文字中，一再稱 Chang Kuo-lao 爲 he，我看到這篇圖與文的撲朔迷離，不禁哈哈笑了。

——七十四年元月十八日　中央日報「晨鐘」

鏡碎腸斷鼓盆歌

人世間最親密的關係莫過於夫婦，一旦賢內助逝世，雖曠達如莊子，也要鼓盆而歌，長歌代哭了。

歷代悼亡，以東坡悼念王夫人的那闋〈江城子〉，最傳誦人口：

十年生死兩茫茫，不思量，自難忘，千里孤墳，無處話淒涼，縱使相逢應不識，塵滿面，鬢如霜。

夜來幽夢忽還鄉，小軒窗，正梳妝，相顧無言，惟有淚千行，料得年年斷腸處，明月夜，短松岡。

明代的徐文長，也留下一首悼念亡妻的詩：

黃金小鈕茜紗溫，袖摺猶存舉案痕，
開匣不知雙淚下，滿庭積雪一燈昏。

若論悼亡詩的長，首推元稹詩中所指的晉代潘岳了，他雖然「美姿儀」，出門回來，女人投給他的水果，竟至「盈車」，可見他的魅力，他的文字也「思緒雲騫，詞鋒景煥」，悼念亡妻，寫了三首長詩，道出了對妻子的思戀：

……望廬思其人，入室想所歷，幃屛無髣髴，翰墨有餘跡。流芳未及歇，遺挂猶在壁，悵怳如或存，周遑忡驚惕……

他這三首五言，詩全長四百四十字，可算一千七百年來次長的悼亡詩。唐代詩人與白居易齊名的元微之，一生詩作以五言爲絕大多數，但〈遣悲懷〉悼亡的三首七絕，由於「貧賤夫妻百事哀」，卻至今爲人嘆息不已：

遣悲懷三首

謝公最小偏憐女，嫁與黔婁百事乖。顧我無衣搜畫篋，泥他沽酒拔金釵；野蔬充膳甘長藿；落葉添薪仰古槐。今日俸錢過十萬，與君營奠復營齋。

昔日戲言身後意，今朝皆到眼前來。衣裳已施行看盡，針線猶存未忍開；尚想舊情憐婢僕，也曾因夢送錢財。誠知此恨人人有，貧賤夫妻百事哀。

閒坐悲君亦自悲，百年都是幾多時。鄧攸無子尋知命，潘岳悼亡猶費詞；同穴窅冥何所望，他生緣會更難期。唯將終夜長開眼，報答平生未展眉。

後潘岳一百五十年的南北朝梁代文學家江淹，以〈恨賦〉與〈別賦〉聞名於世，在他「江郎才盡」以前，也作過〈悼室人十首〉，寫出春夏秋冬四季的悼念心境，如：

秋至擣羅紈，淚滿未能開，風光肅入戶，月華為誰來，結眉向珠網，瀝思視青苔，鬟局將成葆，帶減不須摧，我心若涵煙，芬萵滿中懷。

他的詩每首五十字，十首得五百字，後來居上，為歷代悼亡詩中最長的詩篇，也可想見他用情之專，並非一般人想像的自古文人多薄倖。

芳鄰黎澤霖兄，筆名林藜，我稱他爲「億眾師」，因爲他所著的《每日一字》、《每日一句》，以及在《讀者文摘》的專欄「每月辭話」，暢銷天下，海內外受惠的讀者何止億萬。他和太太王先枝女士，是我們花園新城住戶所欽敬羨慕的一對神仙眷屬，時常可以見到他們在山間步道上優遊林下。形影不離，不料去年十一月四日，黎大嫂因癌症逝世，享年七十一歲。

澤霖兄伉儷情深，大慟之餘，寫成了〈念枝篇〉五十首詩，「一韻呵成，聊以當哭」，他在篇首序中寫著「離恨有天，埋憂無地，好夢無重圓之日，餘生皆待捐之年，嗚呼哀哉……」具見他內心的無限懷念與相思的痛楚。

澤霖兄在先枝嫂逝世後這一年中，雖然已有〈念枝篇〉五十首詩「以寄追思，以表哀惻」，卻依然時有所憶，時有所感，又寫了〈悼亡詞〉七言絕句兩百首，「愛妻仙去……念疇昔之萬種恩情，憶曩日之山盟海誓，乃隨感隨書。紀血紀淚……此無他，以志此情之不忘，久而彌堅也……書以寄懷，並持以慰芳魂於碧落。天乎痛哉！天乎痛哉！」

沱江夕照數歸船，猶記初逢喜並肩，多少夢痕無覓處，桂花憐影月空圓。

此生消得幾黃昏，風雨無情自到門，惆悵春歸留不得，白頭心事向誰論。

曾記當年月下逢，一顰一笑見雍容，那堪回首沱江柳，已隔雲山一萬重。

斷魂唯有明月知，恰是蕭蕭午夜時，紅葉已霜天欲雁，強裁幅紙寄相思。

楓林樓上每深憑，素月青叢隔幾層，一語望卿勞記取，此心依舊玉壺冰。

離人未老鬢先斑，雲薄秋容鳥獨還，比翼雙飛都是夢，水自空流山自閒。

獨上高樓故劍情，無邊別緒一時生，欲知千載淒涼意，好問梧桐夜雨聲。

澤霖兄在《楓林覃思》這本紀念集中，兩百五十首悼亡詩長四千四百字，至情至性，不但是我國鶼鰈情深的最長詩篇，前既無古人，後亦可能無來者；它也紀錄了一對南海才子與西蜀佳人五十年結髮夫婦山高海深死生不渝的款款深情。

——八十三年元月三日　中央日報副刊

可喜的白話詔書

可笑還是可喜？

八十二年二月二十一日《長河副刊》，謝鼎然先生所寫的〈一篇令人噴飯的詔書〉，談到元朝第六任皇帝元晉宗也孫鐵木兒，在泰定元年（一三二四年）卽位時，發表了一篇詔書，文載《元史・二九》。謝先生認爲「裝模作樣的詔告天下，這詔敕卻是用蒙文，讀爺們看了這篇文告，一定會啼笑皆非，不知所云，但也可以由這篇文告，知道他是一個什麼樣子的皇帝了」。從題目「令人噴飯」上，可見謝先生以正統文學的見地，對這篇詔書的總評爲「可笑之至」。

然而，我們如果換一個角度來看，試從政治史、白話文學史，與翻譯史上來說，毋寧說這篇詔書「可喜」。

從政治史上來說，我國歷代皇帝就位，必定要詔告天下，所謂「禮稱明君之詔，書稱敕天之命」，駢四驪六，冠冕堂皇不說，起碼也該是「輝音峻舉」，而修《元史》的史學家卻務實存眞，毫無竄改，原文一字不移照錄，不爲上隱，古史有這種眞眞實實的史頁，豈不可喜。

元代以蒙古族入主中原，從世祖忽必烈開始，共傳十帝，除文宗和順帝以外，趙翼的《廿二史劄記》中，便舉出大量例證，證明「諸帝多不習漢文」，不但筆底下不行，連漢語都不會說，一副征服者姿態，統治偌大一個帝國，漢臣奏事必須經過「怯里馬赤」（通事官，傳譯）傳奏，與臣民有了隔閡，那裏比得上清代開國的康熙、雍正、乾隆，個個不但精通漢語漢文，十分親臣近民，卽連詩賦之作，漢臣都只有拜服的分兒，所以清代國祚就遠比元代爲長，國勢也比元代爲盛了。

翻譯官的「惡質蒙化」

元世祖制定：詔書、制誥，及官方文書，一律以蒙文爲正本，各區的文字爲副本。因此就必須將就位詔書譯成漢文。自古以來翻譯人才就有三六九等，譯才不一，譯出詔書的文體，也就有高下之分了。例如，元憲宗下給忙哥撒兒兩個兒子脫歡與脫爾吉的一封詔書，翻譯官的漢學素養很深，以「尚書體」譯出，就大有周秦風味，開頭一段如：

> 汝高祖赤老溫愷赤，曁汝祖搠阿，事先成吉斯皇帝，皆著勞績，惟朕皇祖實褒獎之。汝父忙哥撒兒，自其幼時，事我太宗，朝夕忠勤，罔有過咎。從我皇考，經營四方，迨事皇妣及朕兄弟，亦罔有過咎。曁朕討定斡羅思、阿速，穩兒別里欽察之域，濟大川，造方舟，伐山通道，攻城野戰，功多於諸將，俾厥寶玉，大資諸將，則退然無欲得之心。惟朕言是用，修我邦憲，治我蒐田，輯我國家，惟厥忠……

這分詔書載在《元史・忙哥撒兒傳》，譯文大概出自有文學素養的漢官，所以絲毫沒有些兒「蒙」氣。

然而，古今中外做翻譯，兩種文字都有火候的翻譯人，畢竟是少數，而翻譯又不能不做，於是就只有披著「忠實」的狼皮來「硬譯」一番了。管你「每」（們）臣民懂與不懂，本朝天語，就是如此，久而久之，就自成了一股「翻譯體」，換成現代術語來說，就是一種「惡質蒙化」的白話漢文。

這種「惡質蒙化」的漢文，雖然是「聖旨」，卻用的是白話。在翻譯史上要找「硬譯」與「直譯」的例證，您在《元史》、《金史》與《遼史》中，俯拾卽得。

硬譯「有看沒有懂」

這種「硬譯」特色之一，便是大量採用蒙古語的音譯，像「怯薛」、「寶兒赤」、「也軍可溫」、「阿達赤」……像泰定帝那篇詔書中的「大斡耳朵」，便是指「行宮」。

其次，譯成漢字，但卻不是正常用語，而是夾生不熟的蒙語，如：

每——們

根底——對……

麼道——如此說

勾當——事情

這的每，那的每——這些人，那些人

使見識——玩弄詭計

敲了——處死

盤當——調查

上位——皇帝

而且，完全依蒙古語的語法硬譯成漢文（像「呵」這個字兒，並不是漢語感嘆詞的「啊」，而是表示假設，或者表示一個動作，引導出另一個動作），如：

奏呵，奉聖旨：「那般者。」——經啓奏，得旨：「照辦。」

做呵，他每不怕那麼。——如果做，他們也不怕。

閩南語以「有」表達現在完成式；蒙語則以「有」表達現在式，而以「來」、「有來」或「了」表達過去式：

赦書行有——現在頒赦詔

宣諭的有來——已經宣諭

道不是有來——曾經斥責

都燒毀了者——已燒毀

試看《金史》中的一段公文：

至正五年（一三四五年）四月十三日，篤憐貼木兒怯薛第二日，沙嶺納鉢斡脫里有時分，速古兒赤雅普化、雲都赤撒迪里迷失、殿中撒馬、給事中也先不先等有來，阿魯禿右丞相、帖木兒塔失大夫、太平院使、伯顏平章、達世帖木兒右丞等奏：「去歲教纂修遼、金、宋三代史書，即自遼、金史書纂修了有，如今將這史書令江浙、江西二省開版，就從有的學校錢內就用，疾早教各印造一百部來呵。」怎生？奏呵，奉聖旨：「那般者。」欽此。

這種白話詔書，通漢文的蒙臣一看就懂，認爲這才是最忠實的翻譯，苦就苦在不通蒙文的漢人，對這種詔書，一個頭有兩個大，字兒個個認得，就是「有看沒有懂」。

朱元璋白話「哀的美敦書」

您一定以爲，像這種「白話詔書」，只在遼金元三史中有吧。實際上，明太祖朱元璋也下過這種詔；他是歷史上頭一個平民皇帝，不像劉邦當過泗水亭長，也不似趙匡胤將門世家，生於洛陽夾馬營，而是道道地地的「淮右庶民」一個。所以他常做白話詩，如〈詠雪竹〉：

雪壓竹枝低，雖低不著泥；明朝紅日出，依舊與雲集。

又像〈示僧謙牧〉：

寄與山中一老牛，何須苦苦戀東洲？南蠻有片荒草地，棒打繩牽不轉頭。

在白話文學史上，他最有名的一首，當推〈詠菊花〉了：

百花發時我不發，我若發時都嚇殺，要與西風戰一場，遍身穿就黃金甲。

除白話詩以外，他還用白話寫過一篇詔書，這在漢文化中，不但空前，而且絕後。迄今爲止，歷代還沒有見過這種外交國書。

他就位後十年，鑒於天下大定，惟有西番還沒有臣服進貢。便在洪武十年（一三七七年）六月二十四日，寫了一篇〈諭西番罕都必喇等詔〉：

奉天承運的皇帝，教說與西番地面裏（一帶）應有的土官每（們）知道者。俺（朕）將一切強歹的人都拿了，俺大位子（皇帝寶座）裏坐地（定），有為這般上頭，諸處裏人都來我行拜。見了俺（覲朕），與了賞賜名分（敕封），教他依舊本地面裏快活去了，似這般呵，已自十年了也。止（只）有西番罕都必喇拜桑，他每（們）這火（夥）人為甚麼不將差發來（明初以馬易茶，稱為差發，即賦斂），又不與俺馬匹牛羊；今便差人將俺的言語，去開與西番每（們）知道，若將合納的差發（該進的賦斂）認了，這將來時，便不征他。若不差人（派使）將差發來呵，俺著人馬往那裏行也者（派大軍前往）。

教西番每（們）知道：俺聽得說，你每（們）釋伽佛根前和尚每（們），根前好生多與布施，麼道（如此說），那的（確）是十分好勾當（事情）。你每（們）做了者那的，便是修那再生的福。有俺如今掌管著眼前的禍福俚（呢），你西番每（們）怕也那（還是）不怕？你若怕時節呵，將俺每（們）禮拜著，將差發（賦斂）敬將來者，俺便教你每（們）快活者，不著軍馬到你地面裏來，你眾西番每（們）知道者（知道了嗎）？

朱元璋這篇「哀的美敦書」，以上國天朝的口氣，威脅西番進貢來朝，口氣上軟硬兼施，要不戰而屈人之兵，如聞其聲，如見其人，眞是上上的白話。也可見在元代的百年統治下，蒙古人的白話已深入民間。連大皇帝的這篇詔書也採用了蒙語「麼道」，想見明初的語文中，已有蒙古語的大量「借詞」存在。

從這幾篇白話詔書，研究我國白話文學史，又可以探索一個新方向了。

——八十二年元月三十日　中央日報「長河」

黃河清了

就在八十年十二月二十一日選舉第二屆國民代表的那一天下午，一家晚報獨家刊載了一則消息：

黃河水清　兩百餘年來頭一遭

「路透社」北京二十一日電，中共新華社今天說，黃河的水變清澈了，這是兩百六十五年以來頭一遭。

「新華社」說，五千公里長的黃河，上游地區近數月來雨水稀少，使得這條夾帶大量泥沙的中國第二大河，含沙量僅及平時的一半。

該社說，黃河的水上一回變清，是在西元一七二六年。

這是一則天大的新聞，「黃河清」是我國最大的奇蹟，更公認爲「奇瑞」，全世界的中國人，都應當高高興興記得住這一天。因爲，幾千年以來，濁流滾滾的黃河，河清的次數，扳著手指頭兒都數得出來。每逢河清，比諸慶雲、甘露、瑞麥、嘉禾，是更爲難得的「上天垂象之鴻恩」。在以往，皇帝要叩謝天地，還要把這件事「宣付史館」、垂爲慶牒、製碑勒石、昭告天下」；至於文臣詞史紛紛以詩文慶賀，更是一番盛事。只是到了今天，這則大消息竟沒有半點兒回音，就此消失在擁擠成一片「恭喜當選」的新聞下了。

但是，所有的十二億中國人，都可以很得意地告訴後代子子孫孫：

「在我有生之年，有過一次黃河清。」

孕育了中國幾千年文化的黃河，也爲害了中國幾千年。在現代，淡水河、基隆河的「河」字，是流水的通稱，水的總稱；而在古代，則專門指「黃河」。

古詩中的「公無渡河，公竟渡河，渡河而死，其奈公何。」詩中主人所渡的並不是普普通通的小河，而是「共工治河」、「崇伯鯀治河」與「司空禹治河」的同一條河——黃河。

我國歷史上關於「河」的記述，不只多的是「治」，更多的是漲、氾、溢、決、浸，緊跟著便是田園廬舍村落城郭的一掃而空，人民大量的死亡、饑饉、瘟疫、匪盜與動亂，乃至朝代的更迭。以「一石水，六斗泥」，幾千年來都「湍悍難治」的渾濁黃河，突然一旦泥沙陡降，河水清澈，怎不使備受河水苦難的中國人認爲是等於「麒麟出，鳳凰見」的天大祥瑞呢。

自古相傳，黃河清——難得！

宋朝的包青天包拯，不苟言笑，當時人以「龍圖笑」爲「黃河清」，便是這個比喻。不錯，從歷史的記載上來看，「春秋」兩百四十年中，記錄了各種災祥異象，卻沒有黃河清的紀錄。自秦始皇以後，有白麟、赤雁、芝房、寶鼎出現，甚至以神雀、五鳳、甘露、黃龍這些祥瑞爲年號，卻都不見河清出現。

不過，黃河長五千公里，所謂「清」，也只能「限時限點」，指在某一段時間裏有一段河水不復渾濁。我國最早的河清紀錄便是漢光武帝即位後的第九年：

建武九年（西元三十三年），平原河水清。

過了一百二十年後，才有第二次河清的記載：

漢桓帝永興二年（一五四年），厭次河水清。

後漢將亡，卻連連有幾次河清，頻度很高，不過爲期都只有一天左右：

延熹八年（一六五年）夏四月丁巳，濟陰東郡濟北河水清。

九年夏四月，濟陰東郡濟北平原河水清。

漢孝靈帝建寧四年（一七一年）春二月癸卯，河水清。

又過了三百九十二年，到了南北朝時代的北齊武成帝的大寧二年（五六二年），那年夏天的四月乙巳日，青州刺史上表說，在四月庚寅這天，黃河與濟水都清了，武成帝高湛是個短命皇帝，只活了三十二歲，卻長得「儀表瓌傑，神情閑遠」，就帝位後，十七歲便有了河水清的「天降嘉應」，十分高興，傳旨立刻把這年改元爲「河清元年」。這是我國歷史上，第一個以黃河祥瑞爲紀元的年號，也可稱得上是黃河清的正式公告。

從河清元年到今天的一千四百三十二年中，黃河清的紀錄共有三十次，平均約四十七年一次，所以《拾遺記》中說「黃河千年一清」的說法比較誇張。可是「清」的時間頻度卻不均勻，唐代便清過十三次，唐太宗在位時，貞觀十四年（六四〇年）、十六年、十七年，便連續在陝州、泰州、懷州、鄭州、渭州清過三次。

至於「黃河清而聖人生」這句話可靠不可靠，從歷史上回顧，固然「貞觀盛世」河清三見，但是北宋亡國之君的宋徽宗，卻也有從政和六年（一一一六年）到宣和元年（一一一九年）四年中黃河三清的史實，當時的權臣蔡京，還拜表稱賀呢！然而，也就在政和七年同一年發生大水災，「河決滄州城，民死者百餘萬」！元順帝在位三十四年，年年「河大溢」，足見他執政時的荒廢政務，不治河政，卻在至正二十一年（一三六一年）辛丑十一月戊辰，黃河居然清了一次，這可都該怎麼說？而且還是歷史上爲時次長——七天，距離也遠，自本陸三門磧到孟津，長達五百多里。

可是，元朝盛極一時的天下，也就在七年後（一三六八年），由朱元璋江山一統國號大明了。

清代也在順治二年正月（一六四五年）、八年（一六五一年），康熙三年（一六六四年）、九年（一六七〇年）、二十一年（一六八二年）與雍正四年（一七二六年），分別有過五次河清，短短八十二年中，平均十六年五個月一次，頻度不高，但也難得了，尤其最後的這一次，據記載：

> 雍正五年正月，河道總督齊蘇勒、副總河嵇曾筠、漕運總督張大有、河南巡撫田文鏡、山東巡撫塞楞額、陝西巡撫法敏等先後奏報，黃河自陝西府谷縣，歷山西、河南、山東，至江南之桃源縣，河水澄清，上下三千餘里，綿歷三旬有餘：
>
> 陝西山西始自四年十二月初八日至五年正月十三日，凡三十有六日；
>
> 河南山東自四年十二月初九日，至五年正月十日，凡三十有一日；
>
> 山東單縣亦始於十二月初九日至二十二日，凡十四日；
>
> 江南始自十二月十六日至二十三日，凡七日。
>
> 俱以漸復舊，其清自上而下，復舊自下而上。

當時的王公大臣都認爲，這是中國歷史上爲時最久的一次河清，爲「從來未有之瑞」，懇請雍正陞殿受賀。

雍正是一位務實的皇帝，對這種曠古難逢的祥瑞，「臣民逢盛事，朝野沸歡聲」中，深悟滿損謙益的道理，卻仍兢業在懷，降旨說：

「朕受寵若驚，不以為喜，實以為懼。惟有君臣益加勉勗，一德一心，以承天眷，若允行慶賀，則沿襲頌美之虛文，大非誠儆之素志。」

其實雍正下詔所說的是門面話，他對這種「休徵疊見」，私心竊喜，因為我們在《世宗憲皇帝御製文集》中，見到關於這一次「河清」，雍正寫了一篇〈黃河澄清告祭景陵文〉，把河清歸於父皇康熙的「深仁厚澤，德化親流」：

> 嘉貺頻仍，珍符屢見。乃者，黃河效順，碧浪澄清，由陝州而至桃源，地連五省；自嘉平而逾獻歲，時閱三旬。臣民共慶其難逢，史籍曾稱其罕覯。俯慚沖眇，實切悚惶，深惟昭事之小心，敢懈祗承之素志，顧此數年之治理，詎能篤迓純庥，或因一念之恪誠，幸得仰邀慈眷。顧
> 昊天而錫福，致大地之呈祥。鑒已往之勤虔，勵將來之兢業。寵綏有自，感激難窮。

當時備位潛邸，力求在諸皇子中有特出表現的皇子弘曆（乾隆），在雍正八年所出版的《樂善堂全集》詩文中，卻沒有半個字兒提到這一次「河清」，具見乾隆當時多麼的「深體上意」，不敢搶鏡頭了。

「新華社」這則報導「黃河清」的消息，語焉不詳，最低限度沒有道出「河清」的時間與地點。不過，每一個中國人都應當覺得高興，因爲這是「河水清，天下平」的先兆，我們已分享這項吉兆了。只是立法委員黃河清，卻在這則消息發布後三天突然逝世，雖只是一種巧合，但識者卻認爲，由於他取的名字，黃河眞正清了，對他反而是一種忌諱，因爲在《左傳》中，有這麼一句國人所熟知用了兩千年的成語：

> 襄公八年冬，楚子囊伐鄭，討其侵蔡也。
>
> 子駟、子國、子耳欲從楚；子孔、子蟜、子展欲得晉。
>
> 子駟曰：「周詩有之曰『俟河之清，人壽幾何？』……」

黃河清委員的朋友，如果有人能以這則「黃河清」的消息，聯想到《左傳》上下面這句，幾近是金字塔法老王的咒詛，便會勸黃委員近來要深爲「誡儆」些，也許他不會以康強之身盛年猝逝吧。

所以，朋友須有讀書人，有時還是有點道理的。

——八十二年元月十二日 中央日報副刊

名馬漫談

兩千九百七十九年前，我國歷史上發生一件大事，那便是周穆王駕車西征，那年正是他六十三歲，即位的第十三年壬辰，他在閏二月初十日戊寅那天開始出發，直到十四年（西元前九八八年）十一月初六丁酉方始歸來，僕僕風塵，整整花了近兩年的時間。

他的行程從瀍水以西首途，出雁門關，繞道河套北岸，至西寧，入青海，登崑崙，走于闐，升帕米爾高原，經撒馬爾干，到達古波斯，也就是現代伊朗的德黑蘭，再越土耳其境內的亞拉拉特山，渡庫拉河（Kura），走高加索的達利耳關（Dariel Rass）入歐陸平原，在華沙附近休居，大獵三月，然後命駕東歸，經過莫斯科、拉多加湖，沿伏爾加河，過裏海北、鹹海，走烏什、阿克蘇、焉耆，再由哈密長驅千里，又回到河套北，踰陰山向南，過歸化，入雁門關而回到長安。

這是中國的帝王進入歐洲的一段長程紀錄，在這兩萬一千多里的行旅中，周穆王有八匹寶馬駕車，才能歷經險阻崎嶇，也就是我國文學史上最早有名的「八駿」，它們的名稱是：

赤驥、盜驪、白義、踰輪、山子、渠黃、華騮、綠耳

從它們的名字，看得出都以馬毛的顏色而取名，郭璞在《穆天子傳》中也注明「八駿，皆因其毛色以爲名號」。可是，到了《拾遺記》裏，它們的名字又完全不同了，稱爲：

絕地、翻羽、奔宵、超影、踰輝、超光、騰霧、挾翼

儘管名字不同，周穆王有名馬八匹才得以周遊天下這卻是事實，所以李義山有詩懷念：

八駿日行三萬里，穆王何事不重來？

在希臘神話中，日神希里奧斯（Helios）每天駕著金車，早上從東宮出發，駛過天空，

入暮後在西宮休息，拉車的八匹神駿，也與穆天子的「八駿」齊名：

曜輝（Actoeon）、怒騮（Aethon）、迅躍（Amethea）、轟雷（Bronte）、赤驥（Erythreos）、耀明（Lampos）、熊焰（Phlegon）、烈熾（Purocis）

在荷馬的史詩〈伊里亞特〉（Iliad）中，把圍攻「特洛伊城」（The siege of Troy）的十年征戰，敍述了烈烈轟轟的四天。普萊姆王（Priam）的東宮海克特（Hector），與希臘勇將刀槍不入的阿奇里斯（Achilles），在特洛伊城外一場「單挑」的血戰中戰死，屍首被阿奇里斯拖在戰車後疾馳，繞城三匝，城牆上的特洛伊君臣心傷落淚，卻無人敢攖阿奇里斯的雄風。

當時阿奇里斯戰車的馬匹沒沒無名，倒是海克特拉車出戰的三匹戰馬，卻在荷馬口中留下了名字：

怒驤（Ethon）、騜駿（Galathe）、迅蹄（Podarge）

到後來，阿奇里斯也遭派里斯王子（Paris）一箭射中命門——腳後跟而死，雙方各折一員大將，戰爭依然決定不了勝負。

以後，便是歷史上有名的「特洛伊木馬」（The Wooden Horse of Troy）計了，希臘大軍上船揚帆撤兵，特洛伊城外只留下了一具高大的木馬。一名希臘軍的俘虜賽農(Sinon)供稱，這是希臘人獻給戰爭女神雅典娜(Athena)的禮物，特洛伊人便拆開城門，把這具木馬拖進城內，大肆慶祝。到了晚上，全城沈醉酣睡時，木馬中隱藏的希臘兵出來殺死守軍，配合去而復返「再登陸」的希臘艦隊，把特洛伊城的男子殺得一個不留。從此，世界上便流行這句諺語：

「特洛伊的木馬」（A Trojan horse），或者說得宛轉一點，「希臘佬送的禮」(Greek gift)，這和我國的俗話「黃鼠狼向雞拜年」相同，總歸一句話——沒存好心。

•

周穆王「八駿」以後七百五十年，秦始皇統一天下，也有七匹名馬，名爲：

追風、白兔、躡景、追電、飛翮、銅雀、神鳧很可能今天在西安出土的兵馬俑中，爲始皇帝拉車的幾匹馬，就是這七匹御馬的造型吧。

司馬遷在《史記・項羽本紀》中，把項羽這位「力能扛鼎，才氣過人」的滅秦悲劇英雄，寫得栩栩如生。垓下被圍時，他夜飲帳中，悲歌慷慨：

「騅不逝兮可奈何，虞兮虞兮奈若何！」

英雄末路時，面對名馬美人，要作死生須臾的抉擇，這是一個大問題。當然，只有捨美人而上駿馬，作最後的殊死一戰去了。

項羽的這匹坐騎，《史記》中只說到「騎此馬五歲，所向無敵，嘗一日行千里」，端的是一匹好馬。而據《烏程縣志》上說：

項羽避仇吳中，過大溪，有異物焉，早暮以尾剪人吞之。羽跨其背，一手扼頸，一手抱樹，連拔大樹數章。天曙視之，馬也，徧體黑龍紋。

按照《爾雅》的釋名，黑馬爲「驪」，蒼白雜毛才叫「騅」，《史記》說這匹「駿馬名騅」，這本縣志又說它是黑色龍紋，無怪乎「霸王別姬」中的詞兒，只好烏、騅並用；唱成「苦戰累日飢難忍，烏騅水草未沾脣」了。

到了漢文帝時代，也有最有名的九匹馬，命名「九逸」，號稱「皆天下之駿馬也」。這九匹馬的名字是：

> 浮雲、赤電、絕群、逸驃、紫鷰騮、綠螭驄、龍子、麟駒、絕塵。

到了漢末三國，經過漢代不斷的訪求好馬，得到西域的「天馬」交配改良，名馬輩出，曹操就有幾匹名馬，他自己騎乘的那匹爲「絕影」；討董卓時，曹洪把一匹「白鵠」讓給他騎，「數百里瞬息而至」；可是曹操畢竟是懂得籠絡人心的政治家，雖然識馬愛馬，破下邳殺呂布後，得到手的那匹，「馳城飛塹」的「赤兎馬」，自己不騎，卻用來送給關公。到後來關公斬顏良、誅文醜兩段文字中，都形容「關公赤兎馬快」。《三國演義》中對這匹馬著力形容，眞是足尺加一：

> 渾身上下火炭般赤，無半根雜毛；從頭到尾，長一丈，從蹄至項，高八尺；嘶喊咆哮，有騰空入海之狀。

羅貫中還附詩一首：

奔騰千里蕩塵埃，渡水登山紫霧開，掣斷絲韁搖玉轡，火龍飛下九天來。

這可稱得是我國文學史上，對一匹名馬的最高讚禮了。

至於「大鬧長坂橋」的張飛，「倒豎虎鬚，圓睜環眼，手綽蛇矛，立馬橋上」，以「黑風帕」的詞兒形容「人高馬大，好像黑塔一般」，他的坐騎也有一個名字「玉追」。當時就有歌謠：

「人中有張飛，馬中有玉追。」

這可能是一匹白馬，江夏（武昌）「白馬廟」，便祀的是「玉追」。

「桃園三結義」中的劉備，被羅貫中糗了不少，以致到現代還流傳一句俗諺：

「劉備的江山——哭出來的。」

戲劇也從而效尤，把三分天下的一代梟雄，形容成了隻「軟腳蝦」，但歷史上的眞正記載，卻與稗官小說所寫的不同。

以「劉皇叔躍馬過檀溪」這一回，說劉備所騎的馬「的盧」，原爲張武所有，劉備一度將這匹馬轉送劉表，劉表聽了蒯越的話，說「這馬妨主，張武爲此馬而死，不可要」，劉表便把馬退給劉備；劉備後來騎了它躍過檀溪，保了性命。

所謂「的盧」，正確的寫法應爲「的顱」，便是白額馬，迷信的人忌白，馬額爲白色，便稱它「妨主」，事實證明頗爲無稽；如果它妨了張武，爲甚麼沒有妨劉備？再說，以「一生鞍馬，髀肉皆散」的劉備，怎麼會對馬一無認識；等於現代喜歡汽車的「玩家」，怎麼會見了車而不識貨，上了一輛車，而不知道一輛車的優劣與馬力？

晉滅三國，統一天下，當時的傅元在〈乘輿馬賦序〉中，便寫出了劉備這匹「的顱」的來歷，原來是他自己選上的坐騎。曹操要「賜之駿馬，使自至廐選之。歷名馬以百數，莫可意者；次之下廐，有的顱馬，委棄莫視，疲瘁骨立，劉備撫而取之，眾莫不笑之……後劉備奔於荆州……逸足電發，追不可逮，眾乃服焉」。這段文字與三國時代最近，應該信而有徵。辛棄疾的名句「馬作的盧飛快，弓如霹靂弦驚」，便用了劉備擇馬的這一典故，認定「的盧」爲駿馬，而沒有如《相馬經》與羅貫中所說是凶馬。

有了這段史料，便可以證明羅貫中的筆法，是多麼厚誣古人了；也足證劉備不但識人，兼能識馬，眼光不下於伯樂，爲自己選得一匹救命的良驥。

平民大眾對唐代最熟悉的馬，倒不是唐太宗的「昭陵六駿」——白蹄烏、青騅、颯露紫、特勒驃、什伐赤與拳毛騧，而是秦二爺在天堂州「賣馬當鐧」的那一匹「黃驃馬」了。人一到背時倒楣之際，都認同起當年的秦叔寶來，不免要哼上幾句：

「店主東帶過了黃驃馬，不由得秦叔寶兩淚如麻……」

歷史記載，秦叔寶所騎的馬，名爲「忽雷駮」，是不是這匹黃驃馬，便有待考證了。秦叔寶與忽雷駮處得很好，常常用酒餵牠，在月下試騎，能跳過三張黑氈，足見腳力之勁；秦叔寶過世，它也不吃芻粟，嘶鳴而死，也稱得是一匹有靈性的名馬了。

●

英雄豪傑一定要有寶劍名馬，才能成一番事業；但是以大將來說，對「好馬」的要求條件，可就不同了。宋代岳飛以馬喻賢相，金殿應對，是一篇好文字：

> 紹興七年（一一三七年），飛入見帝，從容問曰：「卿得良馬否？」飛曰：「臣有二馬，日啖芻豆數斗，飲泉一斛，然非精潔卽不受。介而馳，初不甚疾，比行百里始奮迅，自午至酉，猶可二百里，褫鞍甲而不息不汗，若無事然；此其受大而不苟取，力裕而不求逞，致遠之材也，不幸相繼以死。

今所乘者，日不過數升，而秣不擇粟，飲不擇泉，攬轡未安，踴躍疾驅，甫百里力竭汗喘，殆欲斃然，此其寡取易盈，好逞易窮，駑鈍之材也。」

只是很可惜的是，《宋史・岳飛傳》中並沒有留下這兩匹「致遠之材」良馬的名字。

●

七十八年八月，我隨一個文化訪問團到歐洲。在倫敦的蠟像館裏，見到了歷代的帝王公侯才子佳人的蠟像，除了英國王室像群有紅繩攔住外，其餘個個可親可近。

使我最最感到興趣的，便是拿破崙與威靈頓兩人站著對弈，棋盤上推演著滑鐵盧一役的雙方兵馬，我站在他們兩人中間，請郭嗣汾兄爲我合攝一影作紀念。這個蠟像館中都是人物，連「倫敦開膛手傑克」所殺死的一名娼婦，開腸剖肚，鮮血淋漓倒在街頭都有像，惟獨這兩員叱咤風雲大將的坐騎沒有留下蠟像。拿破崙的個頭只有一六七公分，站著並不起眼，如果他騎在滑鐵盧一役中的坐騎「馬倫哥」(Marengo)上，該是多麼英姿勃勃。

不過，專門研究「滑鐵盧之役」的王惟教授告訴我，拿破崙的這匹「馬倫哥」，不但畫在威納特(Vernet)的「拿破崙越過阿爾卑斯山」一幅油畫中，而且還製成了標本供後人瞻仰。

「馬倫哥」的遺體標本在法國甚麼地方，我沒有追問，但據我所知道的，美國堪薩斯州大學中，也留下了一匹著名戰馬的遺體標本，供後人憑弔。

一八七六年（清光緒二年）六月二十五日，在美國蒙大那州的「小大角」（Little Big Horn），印第安人各族勇士與美國騎兵第七團發生了一次激戰，南北戰爭中騎兵驍將寇斯特團長（G. A. Custer，也有人根據日文發音，譯成卡士達），他所率領的五個騎兵連官兵兩百十五人，全員盡遭殲滅，只有一匹戰馬逃過了這一劫，那就是騎七團第九連連長客奧上尉（Capt. Myles Keogh）的坐騎「堪馬奇」（Comanche）。當年爲了救這一匹碩果僅存、通身刀箭傷痕纍纍的戰馬，騎七團官兵做了擡杆，每一班十二個兵，從戰地輪流把牠擡到俾斯麥市活了下來。後來任命牠爲「副團長」，不許任何人騎牠，也不擔任任何工作，在以後閱兵典禮中，牠配勒備鞍，懸掛哀紗，派騎兵一人牽引參與全團的行進。

六十三年，我爲那一次戰役，譯過《小大角》與《歸馬識殘旗》兩本書；「歸馬」便是指那匹大名鼎鼎的「堪馬奇」。五代的鐵槍王彥章說過：

「人死留名，豹死留皮。」

「馬倫哥」與「堪馬奇」這兩匹馬也算留下不世的英名了。

到了現代，馬在戰爭中已經失去功能，部隊中雖然沿用「騎兵」的稱謂，實際上卻是純「裝甲」的快速車輛，可是，在全世界瘋狂的賽馬場上，馬依然具有威名。

一九八九年最後一期（十二月二十五日）的《時代》週刊上，列舉了在一九八九年逝世的世界名人，刊出了影視明星蓓蒂黛維斯、勞倫斯奥立佛、露西鮑兒、拳擊手羅賓遜、喜劇女星藍德娜、胡耀邦、鋼琴家賀洛維茲、畫家達利、國會議員裴佩、大學校長強亞瑪蒂、指揮家卡拉揚、霍夫曼、裕仁、馬可仕、作曲家歐文柏林、葛羅米柯等十六人的照片，其中卻有一匹奔馳中的駿馬「祕書」（Secretariat）。

提起此馬可就來頭大了，「祕書」是七〇年代轟動全世界的神駿，它生於一九七〇年，七三年牠以三歲馬，便連中三元，在肯塔基大賽（Kentucky Derby）、馬里蘭州巴爾的摩市「皮姆里可賽馬場」（Pimlico Race Course）舉行的大賽（Preakness Stakes），以及紐約市貝爾蒙特大賽（Belmont Stakes）中都獲得冠軍，而成爲自從一九四八年「獎狀」（Citation）那匹馬以後二十幾年以來唯一的「三冠王」。無怪乎它以英年——十九年早逝，使美國馬迷震撼心傷，而使它躋身於這一年中逝世的帝王將相之林，而成爲二十世紀永爲人所追憶的一匹「名馬」了。

——七十九年元月二十八日　中華日報副刊

萬字千里飛電傳書

整整一百年以前，也就是一八八九年（清光緒十五年，日本明治二十二年）二月十一日那天，日本頒布了新憲法。當時，《朝日新聞》的老闆村山先生，到東京參加這項大典後，立刻要東京辦事處的職員，把憲法全文一萬零七百三十個字，用電報拍發到大阪總社去；從上午十一點二十五分起，一直拍發到下午四點鐘才發完，以四小時三十五分鐘，發出了日本有史以來最長的一封電報。

無獨有偶，五十九年以後，一九四七年六月，以「一字不漏」（I want it all）作座右銘的《紐約時報》，它的名記者雷斯敦（Reston），在巴黎挖到了一條獨家新聞——「馬歇爾計畫」，立刻把兩萬五千字的計畫全文，用電報拍發回紐約報社。花了多少時間，雖然沒有統計，但以電動打字機每分鐘打六十個字的速度計算，可能也要耗上近七個小時。

而今，時移勢轉，像這種大量資訊的傳送，要不了幾分鐘就完全解決啦，保證清潔溜溜隻字不漏，標點符號都不會錯一個，而且費用極爲低廉，用起來也極爲方便，只要您會撥電話就行，這玩意兒好處眞多，最簡單的說明便是：

它就是自己在家裏開電報局。

在英文中，「傳眞機」這個字兒，最先出現的是「telefacsimile」，後來慢慢演化成facsimile machine，更進一步簡化，只成了fax。可是美國有一家傳眞機公司，把自己的廠牌定名爲「Telecopier」，清清楚楚指出它是以「電」「傳」眞，使人一眼就知道它的性質，漸漸受人歡迎，也就堂堂皇皇進入字典，和電話（telephone）與電報（telegraph）膩在一塊兒，平起平坐，成爲一家人了。有字根的英文，就像中文字兒的偏旁一般，易學易記，所以很多人棄源自拉丁文的fac simile（造成一模一樣），而採用「電」（tele）與「複印機」（copier），簡譯爲「電傳機」。

「傳眞機」與「電傳機」，簡稱爲「傳眞」與「電傳」，這兩種名稱，誰能用得普遍、用得長久，將來誰會成爲現代的標準詞彙，誰也說不準。

電傳機也好，傳眞機也好，它是現代科技中一項高度的成就，能藉電話線路把文字傳到受話人那裏去。這種機器一出世，最感方便愜意的，就是要搶時間發消息的新聞記者了。從此，村山與雷斯敦的噩夢再也不會出現，只要趕在截稿時間以前，把照片、圖片、文字往機上一放，電話號碼撥通，一按送鍵，辛辛苦苦的採訪所得，哪怕你成千上萬的字，就以每秒鐘三十萬公里的速度送到編輯部了，說多省事就多省事。

編輯臺的人也很歡喜這種新玩意兒，催稿用電話，接稿用電傳，來無影，去無踪，高來高去，不會再有在作家客廳猛抽菸枯等候，又催計程車闖紅燈回報社，來趕截稿時間的驚險鏡頭了。

以前我在《中副》時，記得電傳稿件來的長篇連載有三位作家：張大春、倪匡、高陽。前兩位很慷慨，一傳就是十來張稿紙，夠我們編個三五天的，快到沒稿發下去時，續稿又傳到了，不必擔心。

張大春的字很有功力，穿透紙背，寫得又端整；而倪匡的稿，先睹爲快的人反而苦不堪言，幸虧當時有林慧峰這個小妮子在，她非常細心，對倪匡的字下過揣摩功夫，成了副刊組的解碼專家，每張稿紙都在倪體字邊加寫林體字才發到排字房去。

高陽的那筆字就更不用提了，清逸神雋，看起字來就使人神清氣爽，所令我們爽不起來的，便在他惜墨如金，一天只傳過來兩三百、三四百字，剛夠副刊用上一天半天的。所以天天要等他的米下鍋，等得好不焦灼人也，常常等到快晚上八、九點多鐘，排字房催了幾遍

了，電訊室這才有電話響起，

「高陽稿傳來了。」

使人如逢大赦，跑著下五樓去拿這薄薄幾張電傳稿。心裏卻感謝這種神奇的發明，免了我們在數九寒冬的黑夜裏衝風冒雨去取稿，想想看，連高陽遠去東京時，還依然有稿傳回來，免了副刊開天窗，這種高科技造福咱們不淺。

除開傳稿，電傳機的用途也頗多，比如要下館子請請客人，先得打聽打聽菜單吧，不一會兒，飯店的各式菜單傳到了，兩千元一席的嗎，就有「雙味拼盤、青椒牛柳、炸干貝酥、蠔油芥藍、葱燒鯽魚、糖醋排骨……外帶白飯與合時水果，服務費另加一成」；您要一萬二一席的嗎？每道菜的字兒都多了一個，「羊羔拼梨芹、清炒活鱔魚、玻璃海鮮卷、金牌明蝦片、紅雪大排翅、一品燉烏參……」甭說吃，看了菜單都管教您食指大動。

電傳機不落聲詮，也是近代男女不靠信件與電話而能私通款曲的絕妙管道，您可以用英文、用法文、用阿拉伯文、用楔形文、用各種只有當事人了解的符號通訊，儘管文傳六手，旁人依然一頭霧水，不知道寫的是啥，重要的是，不知道傳的人是誰；更重要的是，快；比快捷郵件都快一百倍，比如電傳機上來了短訊啦！

「素芳：GBMT QRSM MBOII MBOII KLGL WARM YTI NLJMU HQDI

VNF BBPE。」

辦公室裏沒學過電腦的同事，即使看見了也只有乾瞪眼，誰懂這條訊息的奧秘呢？

廣告上說，電傳機可以一機四用，既可傳眞，還能複印，可當電話，又可留言，實際上用起來，卻不是這麼回事。

電傳機的最大與唯一功能便是傳眞，其他都並不必需。以複印來說，偶爾應應急，複印上一張或兩張還合算，而且大多數電傳機都以A4紙爲限，如果要印B4紙的機器，價錢就相當貴了，從複印的效率與清晰度，以及計算成本來比較，電傳機的影印只是玩票，根本比不上坐科的影印機。

電傳機兼作電話機，原則上可行，撥電話給別人更是毫無問題。問題出在電話鈴響起時，它就產生角色錯亂的麻煩，你以爲打來的是電話，別人卻要電傳，勞駕您放下電話筒他再撥一次，也就是他要付費兩次，你以爲是電傳來了，不拿話筒，別人卻苦苦要打電話進來，撥個沒完，電傳本來就爲的是要迅速傳遞文字訊息，話傳兩用，卻平添煩惱與白耽誤時間，所以一般公司行號，大多都以一個專門號碼供電傳用，不與電話號碼相混淆。

目前的電傳機起步不久，還沒有達到盡善盡美的階段。比如機上便沒有顯示世界各地時間的裝置，如果有了這項指示，撥電傳到紐約去，當電傳機一撥，螢光表上便指示出，十一月一日臺北市早上九點鐘，正是紐約市十月三十一日晚上八點，有這麼個小巧裝置，該有多麼方便。

其次，電傳機用紙必須一筒一筒補充，看見傳出來的紙有了紅邊，便表示餘紙不多了，必須馬上補充更換，這種事兒在白天發生，還不難補救，問題出在下班以後，下午五點到翌日九點鐘這漫漫十六個小時中，傳進來的資訊過多而一下斷了紙，有機等於無機，寶貴的資訊還是錯過了。

電傳機用紙來記錄資訊，另外一個缺點便是偶爾會夾紙，掛在牆上的電傳機不會有這個毛病，電傳紙會因重力而垂落下來，而平平放置在桌上的，就很可能電傳速度一快一慢之際，把紙夾在機內，所有傳來的資訊都捲在一堆兒，不是皺巴巴，就是黑壓壓，總之，收到的人毫無用處。

用紙來電傳資訊的最大毛病便是經常收到垃圾廣告，一旦您的電傳機號碼被人知道了，廣告商買了這種「快費事牟利」，就有了深入腹心的宣傳利器啦，便會把您列入對象，公平交易，他發廣告，而您得付紙張費，上至世界旅遊、汽車、珠寶，下至賓館、沙龍、酒家、牛肉場，圖文並茂送到您桌上。最怕的還莫過於這些商業廣告，阻塞了您接受重要資訊的時間與機會。有些公司機關受不了這種廣告攻勢，乾脆關機，要到客戶與民眾要傳眞時，才把電傳機打開，這種搞法可不是有電傳機等於沒有一樣嗎？

有時資訊一來一大堆，電傳紙堆滿一地，要把它重新捲好，一一從頭看讀，就要耗掉不少時間，而且不敢不仔細看，漏掉一兩張，很可能業務就斷線了……

●

我以爲，既要能充分發揮電傳的功能，而又沒有目前電傳機上面所說的這些缺失，只有把電傳機與電腦結合起來，根本不需要經過電傳紙的「中間剝削」。所有的傳來資訊，只要一到，立刻自動錄進電腦，能在顯示器上顯示出來，看的人按動鍵盤，便可以迅速瀏覽一遍，不必要的廣告立刻把它消掉，必要的資訊，馬上儲存，在印表機上付印。一般電腦的儲藏量動輒以百萬位元計，比起一筒電傳紙來自是多得太多，電腦印表紙也比電傳紙便宜充裕，何況電腦更能自動記錄時間，即使公司行號放上三天假回來，這些電傳資訊依然隻字不漏，分秒未差，更可以預約時間或者不斷撥號，把事先存在電腦裏的資訊傳出去，也比電傳機方便得多。

這不是一種幻想，而是千千萬萬使用電傳機人士的一種願望。我預料以現代電腦的進展來說，最遲一兩年便可以實現。

儘管世界上已有了兩千萬具電傳機，而日本就占了一半，但我覺得，以目前的機型，我們倒還不忙著迎頭趕上，因爲，迎接新一代的電腦電傳機，時間已不遠了。

——七十八年十月三十一日　中華日報副刊

辛亥路的西瓜價

——花錢還讓你不痛快

夏日炎炎的傍晚，從建國南路高架橋開車下來，走過辛亥路林蔭大道，經過國際青年活動中心，這一帶路邊，是機動水果車的集中地點。一輛輛的小「發財」車，白燦燦的燈光照耀得滿車尾的水果發亮，尤其那一個個枕頭形圓鼓鼓的暗綠色大西瓜，剖成了兩半，露出紅通通水汪汪的瓜肉，使人不由得有「好渴」的感覺；何況車旁的大字標價牌，斗大的一個阿拉伯數字「8」，這種便宜價格更是窩心。

等到費盡九牛二虎的力量，好不容易在擁擠的車流中，慢慢捱到路邊停下，秤好了西瓜，直到掏腰包付錢時，這才察覺價目牌上，還有兩個毫不起眼的小字兒，它們幾幾乎正在竊竊偷笑——「半斤」。

這一下，手裏捧著西瓜的人，頓時成了傻瓜，買呢？還是不買？不過都是悻悻然付鈔票的人多，就衝著停了車這一陣折騰，就得買它，才值回瓜價呀。

這種消遣消費人的標價法，也不只是西瓜小販，有幾家堂堂皇皇的大百貨公司的超級市場，糖果、果乾罐上，標出價錢「新臺幣二十八元」、「新臺幣三十七元」……再仔細瞧瞧，另有一行毫芒小楷「每一百公分」，或者「每一百公克」，洋味兒足的，乾脆「100g」，這究竟怎麼個算法？告訴您吧，買半市斤，得乘以二點五；一市斤乘以五；一臺斤乘以六；俺只買一兩呢？更容易了，您乘以點三七五就成了，臺灣三七五減租成功，這個數字多好記。

其實嘛，這種小事兒您何必花那麼多腦筋做算術，吃吃喝喝嘛，幹嘛算計這些個，得，得，您就乘以十，買它個一公斤吧，多省事。

就連市場中最文質彬彬書香習習的出版界，也有他們的「辛亥路西瓜價」。一提這標準可就得「想當年」了，四五十年前的通貨膨脹，人人談虎色變，書上印的售價，永遠趕不上物價，在「窮則變」之下，許多老字號兒的書店與出版公司，就把出售的書都印上一個「基本定價」，這基本定價是金圓券呢？法幣呢？銀圓呢？還是新臺幣？反正沒有人問過，只要書能常銷，一版版出來，這個「基本定價」就文風不動，老神在在。您去買書，翻到版權頁這個幾圓幾角的定價，可別高興得太早，店員小姐纖纖玉指在電算機上三下五除二那麼一按，出來的書價能叫您倒抽一口冷氣，只是書店比百貨公司強，您甭用腦筋算帳，小姐替您算好了。

在出版市場上，有些新秀出版公司，從來沒經歷過半世紀前那種早一個價、晚一個價的日子，他們出書都是「定價」，而且注明「新臺幣」，使人買書，一翻開版權頁，心裏就有了底，買與不買，起碼是一個痛快，可是他們並非不知道物價漸漸往上漲，用學院派的話來說，便是「盤旋上升」，因此，他們便「預估前景」。先把定價提得高高的，賣書時則從六折、七折、八折、九折到不打折，也能充分反應市場；下一版漲價了嗎？版權頁改售價就成了。

八年前，我譯的《戰爭與和平》出版了，本來，自己留得有幾部，禁不起送朋友，還經過一次淹水，剩下的一部也不全了。最近，把書房修好，便想把這一套補齊，便到書店去買。因爲這部書版權已經賣斷，經過了幾個婆家，我也不甚了了，只不過居然在書架上還發現有自己的骨肉，也有一番喜悅；翻翻書價，不貴嘛，才兩百元，便對書店的小姐說要買一部。

誰知我把錢遞到收銀機前時，小姐不肯收錢，她說：

「兩百元是一本的價錢。」

「甚麼？」

我這才知道自己又落伍了，難道一部四冊，每冊都定價兩百元不成？我從第一冊翻到第四冊，果然本本都定價兩百元，卻從沒有一冊印上「全四冊八百元」的字樣。

「你們爲甚麼用這種方法標價，難道買《戰爭與和平》的人，眞有只買一本的嗎？」

「我也不知道，出版公司這麼訂的價呀。」

八百元一部，自己譯的書連自己也付不起這個價錢來買了，出版社是不是要用「辛亥路的西瓜價」這種標價法，才不會把原想要買書的人嚇跑呢？

前些時，有機會與吳心柳先生促膝談譯事，他把兩冊《世界強權的興衰》中譯本要我看，這是近兩年來暢銷已久的世界名著，由史學家陳曉林先生主其事，卻由大陸的幾位翻譯家執筆譯就。這一點是我國翻譯史上一個新的里程碑，分久必合，兩岸的翻譯終究可以融會貫通、相互進益了。

由於四十年的隔閡，我一再想看看彼岸的翻譯作品，作爲自己的借鏡。便翻了翻版權頁，記下劃撥的號碼與出版公司，劃撥了兩百五十元去訂購這兩冊書。

幾天之後，電話響了，那一頭的小姐告訴我，劃撥買書的錢已收到了：

「但是只能買一册。」

「你們不是上下兩册一起出一起賣的嗎？」

這年頭兒裏是「賣方的世界」，但我總得試試看。

「我們的確是出上下兩册，但是每册有每册的價錢。」

「你們爲甚麼要誤導買書的人，而不印出來全二册五百元呢？」

我實在有點兒不甘願：

「你知道現在劃撥有多難，郵局裏天天人山人海，全是股票劃撥，我排隊等了二三十分鐘才劃撥好，現在，你們又要我去受三十分鐘的排隊罪嗎？」

那一頭沈寂了一陣，然後細聲細氣說：

「我們把一册寄給你好了。」

眞叫人跺腳，怎麼現代中國人做生意，都搞起「辛亥路的西瓜價」來了，總要搞得消費人一頭霧水，買東西還鬧上一個不痛快，爲甚麼不標價標它個清清楚楚明明白白呢？

最近讀讀書，才知道這種方法也是歷史包袱了，「老太太的被子」，蓋有年矣，而且還是一位歷任四姓六帝大名鼎鼎的歷史人物所創造的呢！

歐陽修的〈歸田錄〉中，有這麼一則笑話：

> 馮道、和凝同在中書。一日，和問馮曰：「公靴新買，其值幾何？」
> 馮舉左足曰：「九百。」
> 和性偏急，顧吏詬責曰：「我靴何用一千八百？」
> 馮舉右足曰：「此亦九百。」

在五代時，說人痴憨爲「九百」；一千年以後，我們不說人「九百」了，而稱「呆頭鵝」爲「二百五」。果然，買這本《世界強權的興衰》，我要當上兩次「二百五」了。

今年出版界如果要選舉本年度好書，我要投朱介凡先生窮半世紀功力始竟全功的《中華諺語志》一票。這一集書，陳紀瀅先生讚它「舉世無雙」，但也指出：

「諺語也是隨歷史漸進的，那麼，在今後工業社會中，也應有新的諺語產生。」

爲了響應紀老的話，我認爲似乎可以把目前市面坊間這種標價法兒的「長樂遺風」，創造一句「言子」，納入《中華諺語志》裏：

「辛亥路的西瓜價——花錢還讓你不痛快！」

——七十八年十二月十三日　中華日報副刊

三民叢刊書目

①邁向已開發國家　孫　震著
②經濟發展啓示錄　于宗先著
③中國文學講話　王更生著
④紅樓夢新解　潘重規著
⑤紅樓夢新辨　潘重規著
⑥自由與權威　周陽山著
⑦勇往直前
　·傳播經營札記　石永貴著
⑧細微的一炷香　劉紹銘著
⑨文與情　琦　君著
⑩在我們的時代　周志文著
⑪中央社的故事(上)
　·民國二十一年至六十一年　周培敬著
⑫中央社的故事(下)
　·民國二十一年至六十一年　周培敬著
⑬梭羅與中國　陳長房著
⑭時代邊緣之聲　龔鵬程著
⑮紅學六十年　潘重規著
⑯解咒與立法　勞思光著
⑰對不起，借過一下　水　晶著
⑱解體分裂的年代　楊　渡著
⑲德國在那裏？(政治、經濟)
　·聯邦德國四十年　郭恆鈺 許琳菲等著
⑳德國在那裏？(文化、統一)
　·聯邦德國四十年　郭恆鈺 許琳菲等著

㉑浮生九四 蘇雪林著
・雪林回憶錄
㉒海天集 莊信正著
㉓日本式心靈 李永熾著
・文化與社會散論
㉔臺灣文學風貌 李瑞騰著
㉕干儛集 黃翰荻著
㉖作家與作品 謝冰瑩著
㉗冰瑩書信 謝冰瑩著
㉘冰瑩遊記 謝冰瑩著
㉙冰瑩憶往 謝冰瑩著
㉚冰瑩懷舊 謝冰瑩著
㉛與世界文壇對話 鄭樹森著
㉜捉狂下的興嘆 南方朔著
㉝猶記風吹水上鱗 余英時著
・錢穆與現代中國學術

㉞形象與言語 李明明著
・西方現代藝術評論文集
㉟紅學論集 潘重規著
㊱憂鬱與狂熱 孫瑋芒著
㊲黃昏過客 沙究著
㊳帶詩蹺課去 徐望雲著
㊴走出銅像國 龔鵬程著
㊵伴我半世紀的那把琴 鄧昌國著
㊶深層思考與思考深層 劉必榮著
・轉型期國際政治的觀察
㊷瞬間 周志文著
㊸兩岸迷宮遊戲 楊渡著
㊹德國問題與歐洲秩序 彭滂沱著
㊺文學關懷 李瑞騰著
㊻未能忘情 劉紹銘著

⑦③美麗的負荷

封德屏　著

本書是作者從事寫作的文字總集。有少女時代所寫，如詩如歌的雋永小品；更有以求眞存眞的態度詳實記錄而成的報導文字，對象涵蓋作家、影劇圈、藝術家等文藝工作者的訪談記錄。值得有心人一起駐足品賞。

⑦④現代文明的隱者

周陽山　著

生爲現代人，身處文明世界，又何能自隱於現代文明？本書內容包括散文、報導文學、音樂、影評、書評等，作者中西學養兼富，體驗靈敏，以悲憫之心關懷社會，以詳瞻分析品評文藝，是學術研究外，結合專業知識與文學筆調的另一種嘗試。

⑦⑤煙火與噴泉

白　靈　著

本書詳盡的評析了新詩的源起及演變、臺灣詩壇的今與昔，除介紹鄭愁予、葉維廉、羅青等當代名家的詩作及創作理念外，並給予初習新詩者的入門指引，值得想一探新詩領域的您細細研讀。

⑦⑥七十浮跡
·生活體驗與思考

項退結　著

本書是作者一生所思所悟與生活體驗。從青年時米蘭求學，到「哲學之遺忘」的西德八年，再到主持《現代學苑》實踐對文化與思想的關懷，最後從事教學與學術研究的漫長人生歷程。雖是略帶有自傳性質，卻也反映了一個哲學人所代表的時代徵兆。

⑺永恆的彩虹

小民　著

問世間情是何物，怎教人如此感念！環遶家園周遭的倫理親情、憶往懷舊的大陸鄉情、恆久不渝的溫馨友情……，是多麼的令人難以忘懷。本書作者以平和的語氣、平實的筆調，娓娓道出人世間的種種至情，讀來無限思情襲上心頭。

⑺情繫一環

梁錫華　著

寫作是件動腦動筆的事，使人保持身心熱切，而創造性的熱切是有助健康和留住青春的。本書作者以其悲天憫人的襟懷，寓理於文，冀望讀者會心處，除了青春、健康外，另有所得。

⑺遠山一抹

思果　著

本書是作者近二十年來有關文藝批評、中英文文學、語文、寫作研究的精心之作。作者學貫中西，探究深微，以精純的文字、獨到的見解，寫出篇篇字斟句酌、妙筆生花的佳作，令人百讀不厭。

⑻尋找希望的星空

呂大明　著

在人生的旅途中，處處是絕望的陷阱，但晚星的光芒是黎明的導航員，雨後的彩虹也會在遠方出現，絕望銜接著希望，超越絕望，希望的星空就呈現在眼前，願這本小書帶給您一片希望的星空……

⑧¹領養一株雲杉

黃文範　著

有人說，散文是作家的身分證，對譯人何嘗不是如此。本書是作者治譯之餘，跑出自囿於譯室門外自遣的心血結晶，涉獵範圍廣泛，文字洗練而富感情，展現作者另一種風貌，帶給讀者一份驚喜。

⑧²浮世情懷

劉安諾　著

本書是作者以其所思、所感、所見、所聞，發而為文的結集。作者才思敏捷，信手拈來，或詼諧、或雋永，皆屬上乘。在這匆遽忙碌的時代，不妨暫停一下，此書當能博君一粲。

⑧³天涯長青

趙淑俠　著

文藝創作者身處他鄉異國，該如何面對因文化差異所帶來的困擾？本書所描寫的，是作者旅居異域多年的感觸、收穫和挫折。其中亦有生活上的小點滴，時而凝重、時而幽默，清晰的呈現出東西文化的異同風貌，讓讀者享受一場世界文化的大河之旅。

⑧⁴文學札記

黃國彬　著

作者放眼不同的時空，深入淺出地探討文學的現象、趨勢，以至個別作家的風格，舉凡詩、散文、小說、文學評論等，都能道人所未道，言人所未言，把學問、識見、趣味共冶於一爐，堪稱文學評論集的佳作。

85 訪草（第一卷）

陳冠學 著

本書是作者於田園生活中所見所感之作，內有田園畫，有家居圖，有專寫田園聲光、哲理的卷軸。喜愛大自然田園清新景象的讀者，將可從中獲得一份未曾預期的驚喜與滿足；另有一小部分有關人性與人生哲理的文字，則會句句印入您的心底。

86 藍色的斷想
・孤獨者隨想錄
A・B・C全卷

陳冠學 著

本書是作者暫離大自然和田園，帶著深沉的憂鬱面對人世之作。一路上你將有許多領略與感觸，時或有天光爆破的驚喜；但多數時候，你的心頭將披著一襲輕愁，甚或覆著一領悲情。這是悲觀哲學，卻是被熱情、關心與希望融化了的悲觀哲學。

87 追不回的永恆

彭歌 著

本書是《聯合報》副刊上「三三草」專欄的結集。作者以其犀利的筆鋒，對種種社會現象痛下針砭，冀望這些警世的短文，能如暮鼓晨鐘般，在這變亂紛乘的時代，起著振聾發聵的作用。

國立中央圖書館出版品預行編目資料

領養一株雲杉／黃文範著.--初版.--
臺北市：三民，民83
面；　公分.--（三民叢刊；81）
ISBN 957-14-2084-0（平裝）

855　　83003560

© 領養一株雲杉

著作人　黃文範
發行人　劉振强
著作財產權人　三民書局股份有限公司
臺北市復興北路三八六號
發行所　三民書局股份有限公司
地　址／臺北市復興北路三八六號
郵　撥／〇〇〇九九九八一五號
印刷所　三民書局股份有限公司
門市部　復北店／臺北市復興北路三八六號
重南店／臺北市重慶南路一段六十一號
初　版　中華民國八十三年六月
編　號　S 85259
基本定價　肆元貳角貳分
行政院新聞局登記證局版臺業字第〇二〇〇號

有著作權・不准侵害

ISBN 957-14-2084-0（平裝）